AF145828

Leon Jurdzinski

Die Geburt

Bibliografische Information der Deutschen National-bibliothek:
Die Deutsche Nationalbibliothek verzeichnet diese Publikation in der Deutschen Nationalbibliografie; detaillierte bibliografische Daten sind im Internet über http://dnb.dnb.de abrufbar.

© *2013* **Leon Jurdzinski**
Coverart: **Bjoern Candidus,**
**   www.bjoern-Candidus.de**

Herstellung und Verlag:
BoD - Books on Demand, Norderstedt
ISBN: 978-3-734780790

INHALTSVERZEICHNIS

[1]

Wenn Licht am Morgen gegen Hügel brandet, der
Landschaft Flucht im Schatten nicht gelingt, der
Pflanzen, Bäume, Blumen Träne rinnt, und Schein
sich durch die Äste zwingt. Dann kennt kein Knochen mehr das Knarren, keins meiner Glieder
mehr ein Zerren. Dann reiß ich auf, was klar be-
trachtend sitzt in Höhlen, stehe stramm und klar
im Raum, bin nie mehr müde unter Sonnenstrah-
len, denn vor mir liegt entblößt Natur.

Verführerische Natur

Es fiel ihm nicht leicht, die Tür zu öffnen, denn der Wind hielt dagegen. Irgendwann hatte er mit viel Kraft ihren Winkelzenit erreicht, und eben jener Wind schmetterte sie brachial gegen die Hauswand. Nun schützte ihn nichts mehr. Seine alten Glieder mussten sich vollkommen der rauen See ausgesetzt sehen. Das Gehen schien ihn anzustrengen, vielleicht zu schmerzen. Doch wusste man nicht eine Träne von einem Regentropfen zu unterscheiden. Von diesen Tropfen trug der Wind einige mit sich. Sie trafen auf das Gesicht und zersprangen in eben kleinere von ihnen, welche wiederum von den Haaren seines Bartes gespalten wurden, so dass sein Gesicht nur noch nass war. All das wiederholte sich immer wieder, und plötzlich hatte der Wind auch seine schützende Mütze erfasst und schleuderte sie – erst zielstrebig – dann nur noch in einer Spirale in den Himmel, bis die kräftigen Wogen diese nicht mehr tragen konnten, weil sie sich so sehr mit Wasser vollgesogen hatte. Doch es störte ihn nicht. Er hatte es schon tausende Male miterlebt und war dessen nicht müde geworden, selbst wenn der Sturm ihn um den Schlaf brachte. Der Sonnenaufgang. Die Strahlen der aufgehenden Sonne spiegelten sich so stark in seinem nassglänzenden Gesicht, als würde sie sich selbst blenden, denn ihr Aufgang dauerte länger als sonst. So dachte der Mann. Und so sehr die Wogen der Wellen und des Windes das Festland und seine Häuser in die Mangel nahmen, er ging doch weiter auf die Klippe zu. Seine Beine schlackerten jedes Mal, wenn er sie für einen weiteren Schritt hob, durch die Luft. Auch seine Jacke hatte der Wind nun gespalten und so flatterte sie um seinen gänzlich durchnässten Körper herum, als würde sie versuchen zu fliehen. Er wusste, dass nicht viele Schritte bleiben würden, um den Sonnenaufgang zu erleben; und so ging er weiter. Über ihm brach der Himmel auf. Immer mehr Regentropfen stürzten sich mit der Absicht von abermillionen Selbstmördern auf das Haupt des Alten, welcher aus Sucht nach der Schönheit der Natur seine schützende Hütte verlassen hatte. Die Erde bebte und veränderte ihre Form. Schwache Erde. Nur der Alte hielt stand.

Es waren noch ein paar Schritte bis zum Rand, und die Sonnen ließ auf sich warten. So ging er weiter und weiter und weiter und über den Rand. Er stürzte und stürzte in den Abgrund wie ein Tropfen und wurde wie eine Tür gegen die Felswand geschlagen und zersprang an den felsigen Bartstoppeln der Insel in viele Stücke, bis die Felswand rot war. Und wie sich niemand anderes am Sturm hatte stören lassen, aus jedem einzelnen Regentropfen keinen Hehl gezogen hatte, so bemerkten sie auch nicht, dass die Hütte des Alten geöffnet stand, der Alte selbst weg und die Sonne endlich aufging und den dunklen Sturm lichtete. Nur die Wellen wuschen den Stein rein.

[2]

Die Tränen waschen den Marmor, den weißen,
bis auf sein Blut rein.

Er glüht nun, blendend schön vergeht sein Halt
der Schwere wegen, seiner Tat.

In leeren Gängen hallen seine Splitter, trippeln
seine langen Schatten und kreuzen sich auf Grä-
bern der Toten, die kühl in diesem Schatten ruhen.

Verängstigt sind die Kreatur, die einst schlugen,
trugen, schliffen.

Doch Handwerk ists, was zu unser aller Ende nur
den Schrei des längst zu Staub gewordenen erhält,
und vor Angst zur Einsamkeit der Stille, wieder
und wieder hallen lässt.

LEOPOLD OBOKU, FIKTIVER DIKTATOR UND VOLKSSCHLÄCHTER

Er schreibt. Früher in der Schule habe ich mich gefragt, wie kommt ein Diktator dazu, eine Diktatur zu errichten, was treibt ihn an? Er sieht seine Vorstellung von Richtigkeit in seinem Handeln, also warum ist es dann falsch? Ist jemand minderwertig, weil er so ist oder macht er sich selbst minderwertig. Oder, was muss man tun, um in den Augen eines Diktators als minderwertig zu gelten? Wer bestimmt das? Wer besitzt die Macht, jedes Lebewesen und jedes seelenlose Objekt auf dem von uns besiedelten Planeten Erde in zwei Kategorien einzuteilen – minderwertig und nicht minderwertig? Ein Diktator bringt in den meisten Fällen eine große Anzahl an anderen Menschen um, passiv. Er legt fest, was für ihn minderwertig ist und was nicht. Aber macht es ihn böse, nur weil die Mehrheit der Meinung ist, dass er nicht so handelt, wie sie es für richtig hält? Er hört auf zu schreiben, legt sein Buch weg und geht schlafen. Kein langes Warten, bis der Schlaf ihn in Besitz nimmt, er kommt sofort. Nach kurzer Zeit wacht er auf, blickt an die Wand seines Raumes. Auf der Tapete bilden sich die Umrisse des Wortes „Himmel". Es wird hell, heller Himmel. Er wandelt über grüne Wiesen, durch sonnige Wälder, durchstreift Scharen von friedvollen Tieren. Streicheln, liebkosen, loben, das tut er. Er bahnt sich einen Weg durch die Scharen, die kommen, sie alle warten auf ihn. Keine Wolke am Himmel, die Sonne scheint herab, sie freut sich für ihn. Er durchstreift den Ozean, um an das andere Ufer zu kommen, um weiter zu suchen. Er hebt Steine auf und verändert ihren Platz, er reißt Blätter von den Bäumen, sie vergehen in seinen Händen zu Asche, der Wind verteilt sie. Weiter geht der Weg, immer die gleichen Dinge kommen ihm entgegen. Er durchstreift den Ozean drei weitere Male, um am selben vertrauten Ufer trocken, nicht von einem einzigen Tropfen benetzt, an Land zu treten. Auf einmal ziehen Wolken heran, die Sonne geht, die Kälte und die Dunkelheit teilen sich nun ihren Platz. Er erreicht eine Ebene, blickt weit hinaus, doch kann nicht erkennen. Er sieht alles, aber doch blendet ihn der Sonnenuntergang. Kein Tier in der Ferne. Kein Blatt an den Bäumen. Nur er und seine beiden Begleiter Kälte und Dunkelheit. Vor ihm tut sich ein Hügel auf. Ein gigantischer Baum steht auf ihm, und auf dem größten Ast am höchsten Punkt sitzt ein Mann mit schwarzer Hautfarbe. Er ruft, doch der Mann wendet sich ihm nicht zu. Er scheint zu murmeln. Vor sich hin murmelt er, zeigt auf Dinge und benennt sie. Er zeigt auf einen Grashalm und sagt Gras, er benennt die Dinge, obwohl sie einen Namen haben. Er wundert sich und geht auf den Baum zu. Erklimmt ihn, zieht sich höher und höher, greift nach Ästen, die zu dünn erscheinen, doch sie tragen ihn voller Demut ehrfürchtig und brechen erst, wenn er über sie hinweg ist. Ein Vogelnest ziert einen Ast. In ihm drei Eier. Er zertritt sie, ohne darauf zu achten. Das Eigelb läuft am Baum hinab, tropft auf den Boden, und an den Stellen, wo es den Boden berührt, gedeihen Vögel, die hoch hinauf zum Ast fliegen und ein neues Nest bauen. Doch er steigt höher und erreicht schließlich den Ast, auf dem der Mann sitzt, der die Dinge benennt. Zeigend auf ein Blatt sagt er Blatt. Er rutscht ab und hält sich an einem kleinen Ast fest, an diesem sprießen kleine grüne Blätter. Er reißt einige ab und blickt in seine Hand, sie vergehen nicht zu Asche, sie haben jetzt einen Namen. Der Mann sitzt immer noch an der gleichen Stelle. Er balanciert auf dem größten Ast am höchsten Punkt des Baumes auf den Mann, der sitzend dort verharrt, zu. Plötzlich dreht er sich um, und er blickt in sein Gesicht. Er sieht seine Züge, er hat die Dinge benannt, er hat die Gesetze gemacht und die Regeln aufgestellt. Er zeigt auf den Himmel und folgt seinem eigenen Handzeichen. Am Himmel züngelt nun das Wort „Hölle".

Er schwebt über der Stadt, in der er lebt, wo er herrscht, wo er die Gesetze macht, die Regeln aufstellt, wo sein Thron steht. Sein Blick senkt sich steil nach unten, er fällt auf ein Haus zu, sein rostiges Blechdach kommt immer näher. Er schreit, er glaubt, er schreit. Er schließt die Augen und steht vor einer Tür. Er öffnet sie, tritt ein, er tritt sie ein. Eine Wolke von stinkendem Qualm schlägt ihm ins Gesicht. Husten, seine Lunge verkrampft sich, da das, was er fälschlicher Weise als Luft einatmete, genau dies nicht war. In dem Haus stehen Tische, an denen Menschen sitzen, schwarzer Hautfarbe, es riecht nach Schweiß und Alkohol. Er geht weiter, halbnackte schwarze Frauen tanzen wie in Trance auf den Tischen. In einer Ecke wird jemand erschossen, in der anderen erstochen, in der anderen erstickt, und in der letzten stehen fünf Männer mit den Gesichtern zur Wand und nehmen Drogen. Er dreht sich weg und erblickt wieder die Tische mit den tanzenden Frauen. Sie schlucken nun Medikamente und fangen an, sich langsam immer schneller zur Musik zu bewegen. Er durchstreift das Haus bis zur Hintertür und tritt hinaus. Es ist kalt und windig. Er geht nun immer schneller auf sein Haus zu, auf seinen Palast. Er kommt an einem Berg mit Kadavern vorbei, tote Kühe und Menschen. Eine Tür, er steht vor seiner Tür, weicht zurück und schwebt nach oben auf den Balkon. Er öffnet die Tür zu seinem Schlafgemach und sieht einen Thron, er steht im Schatten, aber jemand sitzt auf ihm. Langsam tastet er sich durch die Dunkelheit an ihn heran, die Kälte ist auch gekommen. Es wird hell, und er selbst erkennt sich sitzend auf dem Thron. In der einen Hand einen Schädel und in der anderen drei Vogeleier. Er blickt sich selbst an. Plötzlich fängt er an zu lachen, er lacht und lacht, Schädel und Eier fallen auf den Boden und zerspringen in tausend Teile. Er steht auf und rennt auf sich zu, er verschwimmt mit sich selbst zu sich selbst. Der Thron ist verschwunden, genauso die Splitter der Eier und des Schädels. Er erwacht, ändert sich und springt von seinem Balkon und bricht sich ein Bein. Taumelt auf die Straße und wird angefahren. Unter Schmerzen kriecht er zu dem Haufen an totem Vieh, verendet und vergeht zu Asche.

[3]

Errichtet Schande auf diesem Platz. Reibt hinweg, was Gutes will bestehen. Treibt die Massen durch die Straßen, lasst nicht selbst die Menschen gehen. Hebt Gesänge in die Lüfte, tragt sie weit in jedes Ohr. Haltet aufrecht eure Sinne, lebt nun selbst vom Fuß empor. Seid selbst gefügig euren Höhen, habt erschaffen nicht zuletzt. Das was Schatten warf hinunter, und nun tränenreich ersetzt. Wie der eine unter euch, der den Weg gegangen ist, sich verstand als ein ganz anderer, dessen Platz nun Leere schmückt. Nichts Schönes weilt in diesen Straßen, führt kein Gespräch an jedem Tisch, doch der einzige und echte, dieser Schöpfer, ist, der still vertraut auf seine Schöpfung und sich fromm zu ihr gesellt.

GROẞER LOEWITSCH

„Meine Herren, sie ahnen, warum ich hier bin
und sie wissen vermutlich, wer ich bin. Mein Name ist General Georg Werner Loewitsch. In Sol-
datenkreisen trage ich den Namen "Großer
Loewitsch", ich bitte Sie allerdings, zu berücksich-
tigen, dass dies lediglich ein Name für Zeiten des
Friedens ist, es herrscht aber kein Frieden, weswe-
gen ich letztlich hier bin.

Meine Herren, Sie führen bei Gott ein außerge-
wöhnliches Lager, allerdings nicht in Beziehungen
des Krieges. Ich bin hier, um die in diesem Laza-
rett bestehenden Missstände auszumerzen. Danken
Sie mir nicht dafür, dass ist meine Profession. Ich
habe getötet, ich war Soldat, und ich leistete etwas, um mit Aufgaben solcher Art betraut zu werden, ich wollte sie. Sowohl für Sie als auch für
mich, gibt es angenehmere Dinge, niemand wird
wissen, wie sich diese Angelegenheit entwickeln
wird. Jedoch spricht der hautfarbene Glanz der in
den Bäumen hängenden Innereien, welcher sich
scharf in dem warm rot glänzenden Grund spie-

gelt, von einer seltenen Ästhetik, auch wenn jeder Blick, den ich umherschweifen ließ, von dem Blitzen weißer Zähne zerrissen wurde; ich weiß das zu schätzen.

Ich entnehme Ihrem Schweigen, den finsteren Minen, eine tiefe Unzufriedenheit, welche ich nachempfinden, aber nicht gutheißen kann, obwohl ich sie selbst, als ich von Ihrem militärischen Rang war, zu manchen Anlässen empfinden musste.

Jedoch sind wir im Krieg, der Kriegsstand ist ausgerufen, und der Zustand dieses Frontabschnittes harmoniert nicht mit den Wünschen, die in der Hauptstadt geäußert werden. Die Politiker befürchten den Verlust unserer militärischen Glaubwürdigkeit, wenn sie die Zahlen der verletzten und gefallenen Soldaten vernehmen.

Nun ist die Aufgabe der Bekämpfung der Missstände eine grob gefasste. Genauer geht es den Politikern um die fest und eng geschlossenen Reihen unserer Soldaten, welche zurzeit in einem miserablen Zustand sind. Es geht nicht darum, zu siegen, wir müssen dem Feind lediglich die Stirn bieten. Wir müssen Bereitschaft zeigen, und das nicht zuletzt in dem wir aufmarschieren, aber nicht zwangsläufig siegreich sind.

Denn der Krieg darf keine Helden hervorbringen, er muss ein Waisenmacher sein. Und aus diesem Grund verlange ich nun, das jeder Verletzte, jeder Amputierte seine Krücken in die Hand nehme, seinen Freund und Kameraden stütze und sich zur Front begebe, um die Lücken in unseren Reihen zu füllen. Nein, ich befehle es! Und dies darf kein Befehl sein, dies muss Vernunft sein! Das vernünftige Verständnis, für sein Land zu sterben. Und wenn wir alle nicht mehr sein werden, um dieses Land zu bevölkern, dann tun wir es für die Natur, welche ihm letztlich seine von uns geliebte Form gibt. Der Feind wird merken, dass wir in unseren Reihen Verwundete verborgen haben, sagen Sie, meine Herren? Ich sage, er wird es nicht merken! Schauen Sie auf den Grund, das ist gute Heidelandschaft. Kein feindlicher Soldat wird ein Humpeln vernehmen, kein feindlicher Soldat wird einen blutigen Stumpf durch den Nebel zucken sehen. Sie alle werden geschlossene Reihen sehen, mit entschlossenen Gesichtern, die grimmig durch den Nebel beißen und mit jedem Blick töten!

Im Krieg hat das Leben, das Fortleben keine Berechtigung. Der Krieg ersetzt jeglichen Grund auf Hoffnung durch die Sicherheit auf Schmerz. Jeder muss dies wissen, und auch jene Ruhmesideen vergessen. Indem man sich in den Krieg begibt, verschreibt man sich dem Tode und dem Leben zugleich. Man erlangt Neutralität, die Lebendigkeit wird genullt. Man löst bürgerliche, ethische und nicht zuletzt menschliche Vernunft ab, für eine bohemehaften, welche aber letztlich tierisch, nieder und eigentlich natürlich ist.

Wenn die Kanonen schallen, die Luft uns entgegen drängt, dann greifen die Krallen des Nebels nach unseren bleiernen Seelen, nach unseren blutigen Ideen, den verlassenen Gedanken. Soldaten mögen alles gewesen sein, aber nichts davon werden sie bleiben.

Was ist das für eine Stille? Was ist das für eine schmerzhafte Ruhe? Wo sind die Chöre der Verletzten, wo sind blutige Tränen? Wie kalt es mir wird, wenn ich nicht den Bariton vernehme, den einen Musiker, den lieben Tod. Ich muss nachsehen, mir Sicherheit verschaffen. Nur kurz, es dauert nicht lange, ganz bestimmt, ich muss nur den Zähnen folgen. Ihr Knirschen macht mich stark. Ich gehe gebeugt unter der Schwere dieser Stille. Aber ich verstehe nicht, ich kann doch den Schmerz spüren, ich sehe doch die erstarrten Schreie, das verharrende Zittern, den blutigen vertrockneten Schweiß – die Qual ist doch hier! Hier in mir drin, unter meiner Uniform, in meinem Fleisch und gleichsam auch in ihrem. Dort draußen wie auch hier drinnen treibt es mich weg. Überall kann ich nicht bleiben, kann nicht fühlen aus dem einen Grund. Dem einen Grund. Dem Abgrund, den ich selbst geschaffen und erweitert habe. Die Flucht bin ich, und ich fliehe vor mir weg, vor meinem Sinn. Gereckt sind die harten Glieder, nach mir. Vor meine Füße tropft das Blut von knochigen Fingern, die kalt meine Stiefel bis zum gewaltigsten Glanz wichsen. Ich blute diesen

Marsch aus, diese Disziplin, die tote Vernunft.
Und selber bin ich Schuld!

Aber die Reihen! Ich muss raus, raus aus eurem
Totenkreis. Mein Schein wird schwinden, er muss
es tun, und ihr bleibt dunkel hier verblieben, tot
und letztlich nicht. Lunge spann dich! Zieh hinein, den toten Dunst und greif das Eisen. Den Sä-
bel in der Hand, den Nebel vor mir, nein, um
mich. Auch wenn ich mit meiner Klinge in den
Rauch hier schneide, der Schlachtenbühne Vor-
hang reiße, so lass mich doch nicht sichtbar sein,
für Feindesaugen, für Feindesliebe und ihren Hass.
Lass mich lächerlich, als lebendiger Toter durch
die Blindheit dieser Lüfte wandeln, und still und
nie gesehen von Kugeln hier zerrieben werden.
Und nun beginnt es!".

[4]

Im Moloch der Stimmen vernimmt mein Ohr,
den einen Ton. Zerspringt mein Ohr, als wüsste es
schon, dass du nicht bist. Der beleidigende Gesang
der Blinden. Wie das Geschrei der Stummen. Ein
Messer in trocken Brot, auf ungedecktem Tisch, in
leergefegtem Raum. Die Träne der Blinden trägt
kein Salz mehr. Sie sind fruchtbar, errichten Leben, nur weil sie es nicht sehen. Es schallt der eine
Baum auf weitem Feld nach den Männern, die der
Sonne entgegen ziehen. Fällt mich auch, ein
Wunsch als letztes Zeichen des Waldes. Ein Soldat
zwischen Leichen, der seine Waffe reinigt. Blut-
unterlaufene Augen hinter dem Horizont. Zwei
Sonnen im Streit um keinen Mond. Der weisende
Hauch der Greise.

DER DEUTSCHLEHRER

Es lebten der Vater und die Mutter zusammen mit ihrer Tochter an der Hauptstraße der Stadt. Die Mutter war Hausfrau und sorgte für das Wohl der Familie und den Zustand des Hauses. Der Vater hingegen war Lehrer. Er unterrichtete die deutsche Sprache an der Schule der Stadt. Eines Abends sagte der Vater zur Mutter – und wie immer achtete er auf seine Wortwahl –, dass die Tochter immer mehr die weiblichen Attribute ausbilde, welche sie eines Tages zu einer Frau machen würden. Er bewunderte das. Die Mutter freute sich und ging schlafen, doch deckte sie vorher ihre Tochter noch fest zu und wünschte ihr eine gute Nacht. Sie legte sich ihrerseits ins Bett, küsste ihren Mann und schlief ein. Am nächsten Morgen dann stand sie auf und bereitete das Frühstück. Sie rief nach ihrem Mann, und auch die Tochter ward von ihr gerufen. Der Kaffee war fertig gekocht und stand dampfend auf dem reich gedeckten Frühstückstisch; doch zwei Stühle blieben leer. Der Vater würde einen Grund kennen und ihr gut formuliert aufsagen, somit ging sie erst zur Tochter. Sie klopfte an ihrer Tür, doch hörte sie kein Zeichen. Im Zimmer war es dunkel, und sie orientierte sich am Schein des Lichtes, welches durch die offene Tür fiel. Sie rief nach ihrer Tochter, doch niemand antwortete. Irgendwann ertastete sie etwas Warmes, das Gesicht ihrer Tochter. Sie fühlte ihre warmen Wangen und ihrer roten Lippen, ihre Augen waren geöffnet. Die Mutter schrie nun, doch ihre Tochter sagte nichts, sie reagierte noch nicht einmal, nur ihr warmer Atem schlug der Mutter ins Gesicht. Nun war die Geduld verflogen und die Mutter riss die Tochter aus dem Bett und zerrte sie in den Schein des Lichtes im Flur. Ihr stockte der Atem. Das Gesicht der Tochter war rot von Schlägen, und sie trug keine Kleidung am Körper. Die Mutter ließ die nackte Tochter im Flur liegen und rannte und suchte ihren Mann. Dieser war nirgends. Von diesem Tag an fand sie ihren Mann nicht wieder, und die Tochter sprach kein Wort mehr. Jeden Tag setzte sie sich neben ihre Tochter und sprach ihr vor:

A–B–C; und jeden Tag drei Buchstaben mehr. Nach neun gesprochenen Buchstaben sollte die

Tochter nachsprechen, doch sie kam nicht weit; und so war es jeden Abend. Wie die Tochter nach sechs Buchstaben, die sie unter Qualen gekrächzt hatte, verstummte, und die Mutter sagte nur wieder A–B–C.

[5]

Unschuldige Welle, und doch, verdient das Ufer
diesen Schlag? Ist es recht, dass Schaum der Schlei-
er ist, auf dieser Tat. Sanft verborgen, zwischen
Tropfen, dem Schluck der Götter, der Tränen der
Erde, dem Ozean, ruht Land. Die Kraft, die sich
dem Fuß des letzten blinden Wanderers entgegen-
stemmt, ist Land. Die pure kalte Erde, ihr Anblick
warm, doch unverstanden, einvernehmlich schläft
sie und begräbt. Doch wenn der Hauch der Na-
deln verrinnt, Fels um Fels dem Sande zollt Res-
pekt, kein Schuld bleibt unvergeben, und Welle
Schuld vernimmt.

Sechsdorfer

Er, Johan Sechsdorfer, legte sich in sein Bett und
breitete die Decke über sich aus. Wie ein fettiger,
ungewaschen schuppiger Körper fühlte sie sich auf
seiner Haut an, als ihm der Geruch von falschen
Zwiebeln in der Nase stach. Dieser Zustand würde
viele abschrecken, so wusste er, doch wusste er
auch, dass wenn er immer gut riechen würde, nie
die Unreinheit eines erdigen Schattens auf seiner
weißen Haut erkennen würde, so könnte er sich
nicht sicher sein, ob er real war – er könnte ein
Traum sein. Niemand erträumt sich ein dreckiges
und stinkendes Dasein, dachte er. In einem Traum
sind wir Läufer, die niemals schwitzen, Soldaten,
die niemals Bluten und Liebende, die niemals an
ihrem Herz vergiftet zugrunde gehen. In unseren
Träumen sind wir dumme Menschen, schlechte
Menschen, die mit ihren Dummheiten davon-
kommen. Als er sich nun in erwachsen-
embryonaler Haltung auf die Seite wand, den
Kopf ruhend auf dem Kissen, welches, zwischen
seinem rechten Arm und seiner Schläfe, klemmte,
so dachte er an den Traum von letzter Nacht, an

das Gefühl, welches er empfand, als sich dieser Traum vor seinem geistigen Auge zu entkleiden begann. Draußen setzte der Regen ein. Kein Tropfen, der auf die Fenster schlug, folgte einem Takt. Sie waren alle so sehr, von der Form eines Taktes entfernt, von einer Gleichmäßigkeit, dass es Sechsdorfer unmöglich war, diesen Traum, und schließlich den Schlaf, zu seiner somnolenten Onanie werden zu lassen. Dieser Regen hatte die Absicht, ihn von seiner Absicht, einzuschlafen, abzubringen. Noch nie hatte diese Stadt so einen Regen gesehen, dachte er. Wie ein Schulmädchen hatte sie schon oft von ihm geträumt, aber wie er sich letztlich anfühlte, wusste sie niemals zu erahnen. Diese Stadt war durstig. Bis die Erfrischung durchbricht, ist sie es noch, jedoch haben diese schwarzen Wolken eine gute Absicht. Sie wollen die Lippen dieser Stadt in ihrer vollen weichen Form und ihrem tiefen verzehrenden Rot erstrahlen sehen. Doch es braucht mehr als eine Absicht, um diese oberflächliche Fantasie einer Frau wahr zu machen. Wer war der Regen, wer waren die Wolken, die diesen Regen auf diese Stadt niederschütteten und wer war diese Stadt? Wie ein Barkeeper, der den Durst oder die Sucht seines Kunden stillen will, aber das Glas nicht trifft. Aber wer war die Stadt? Die Stadt war ein Mädchen, ein einsames, welches keine Erfahrungen hatte, sondern nur Träume – das wusste sie. Und die Wolken waren, so dachte sie, ihre fleischgewordenen Träume – zumindest dachte sie das, bei ihrem Anblick auf Entfernung, denn sie roch ihren Gestank nicht. Der Regen war nicht zum Stillen des Durstes, zum Erleuchten der Lippen gedacht. Der Regen sollte ihren Geist verkleben, ihre Gedanken vermengen und den Asphalt glitschig machen, damit ihre Vernunft darauf ausrutscht, während ihr Körper mit ihrem Traum und ihrer Lust über den Asphalt hinüber zu den Wolken geht. Die Wolken aber wollen nicht die roten Lippen erstrahlen sehen, sie wollen nicht den Durst des Mädchens stillen. Sie wollen nur zum Schoß der Stadt, den sie nun feucht machen, indem sie auf das Mädchen spucken, das ist ihr Regen. Und wie sich die Wolken über der Stadt ausbreiten und alles in Schatten hüllen, blitzt die junge Haut im Dunkeln auf, feucht und bebend, doch die Wolken hören nicht auf zu geifern.

Und letztlich war es auch nicht das tiefe verzehrenden Rot, dass in dieser Dunkelheit strahlte. Es
war das Blut, das aus eng verschränkten Beinen
vom Regen aus dieser zerstörten Scham
herausgespült wurde. Sechsdorfer versuchte einzuschlafen. Der Traum von letzter Nacht, die Tür
zur Sexualität hatte er so sehr aufgeschlagen, dass
sie sogleich – und viel tiefer als zuvor – wieder ins
Schloss gefallen war. Hätte es wirklich geregnet,
hätten diese schwarzen Wolken Blitze verschossen,
hätten sie die Dunkelheit erhellt, so hätten sie
Sechsdorfer in seinem Bett liegen gesehen, mit
einem Lächeln auf dem Gesicht, das seine blitz-
weißen Zähne zeigte, auf seinem weichen, reinen
Gesicht. Doch es regnete nicht, es gewitterte nicht
und Sechsdorfer wusste nun auch einzuschlafen.
Jedoch wäre er nicht Johan Sechsdorfer gewesen,
wenn er nach diesem Traum wieder aufgewacht
wäre. Diese schlechte Absicht scheidet aus der
Welt, aber nicht ihre Folgen.

[6]

Ein Zucken durchfährt den ewigen Beginn, rinnt
abwärts, will vergessen, denn:

Vor all dem Leben war nur Totes dort, und es
greift in feuchte Erde und führt zum Maul den
Schlamm, senkt nieder seinen Zinken und
schnupft alles Leben in sich ein.

Die Geburt

DER EINSAME RAUMFAHRER – 2133

Der Mann ging zu Bett und wachte wieder auf – dazwischen träumte er. Es wirkte schon wie ein universeller Trott, doch so schien es nur. Für den Mann sah es so aus. Eigentlich ging er zu Bett, schlief ein und wachte vier Monate später wieder auf. Das wäre ein Trott, wenn der Mann wüsste wie lange er nun schon einschlief und aufwachte. Ein neues Leben. Ein einsames Leben. Seit 1989.

Es gab nicht viel, das ihm hätte auffallen können. Eigentlich gab es nur ihn und deshalb wollte er auch niemand sein, der sich viel hätte merken können.

Was er wusste, an was er sich immer wieder erinnern musste, war nicht viel.

Etwas sein. Er wusste, dass man wird und er wusste, dass man nicht wollen kann und trotzdem werden wird. Doch was wollte man werden? Was hätte der Mann sein wollen, wenn er gewusst hätte wie etwas ist?

Er wohnte in einem kleinen Raum. Er wohnte nicht. Er *war* in einem kleinen Raum. Er war sich schon immer sicher, dass er nicht ist. Alles andere ist, und er ist ohne alles andere.

Doch hätte er seinen Raum, existierend oder nicht, verlassen können, so hätte er erkannt, dass sich hinter diesem Raum, seinem Körper zu ihm, dem Geist, ein riesiges eisernes, künstliches, kühles Gebilde aufbaute. So hätte er gewusst, dass dort, irgendwo anders, noch andere Menschen waren und dass er – weit und breit – die einzige Wärme, das einzige Leben war. Doch er wusste nichts.

Der Raum war nicht leer. Im Raum war nicht viel. Doch der Raum war so klein, so knapp bemessen, dass nicht viel Platz blieb. Selbst ohne etwas darin, war der Raum für den Mann zu klein. Es war alles eng. Alles war unheimlich weit und eben weil man so weit sah und doch nichts ausmachte, herrschte dort Enge.

An einer Wand, an der einen, an der der Mann aufwachte, stand eine Box. Eine gläserne Box, milchiges Glas. Niemand konnte hineinsehen und auch der darin konnte nicht hinaufblicken.

In dieser Box legte sich der Mann schlafen. Immer wieder. Und immer wieder wachte er auf, ohne einen Gedanken daran, geschlafen zu haben. Viele Leben. Immer wieder neue und bekannte Leben.

Er setzte sich auf. Immer setzte er sich auf. Und wie er aufrecht saß, so fand er vor sich die zweite Wand. Sie war der ersten, der Wand hinter der milchigen Kapsel, genau gegenüber. Sie war aus Glas. Es war kein milchiges Glas. Es war einfach nur Glas und der Mann starrte jedes Mal aufs Neue das erste Mal auf und durch sie hindurch.

Diese Wand war nicht milchig, hinter ihr aber war alles schwarz. Er konnte nicht weit in die Schwärze hinein blicken, welche, obwohl sie von kleinen grellen Punkten aufgetrennt wurde, endgültig war.

Vor der zweiten Wand war ein Kasten. Ein großer weißer, nicht gläserner, Kasten. Er war zwei Mal so lang wie die milchige Box und genau so hoch. Auf dem Kasten lagen viele Lichter. Sie leuchteten immer wenn der Mann aufwachte. Doch er wusste nicht, ob sie mit ihm aufwachten oder immer brennend dort lagen.

Die übrigen zwei Wände zeugten von chromhafter Beschaffenheit. Sie sahen poliert aus, sie waren poliert, und auf ihnen war keine Spur von Schmutz zu sehen.

Was auf ihnen war, waren Linien. Linien waren auf ihnen und zerschnitten sie. Kreise und Dreiecke und Vierecke bildend verliefen sie, sich immer wieder kreuzend, auf der dritten und vierten Wand. Ein natürliches Raster. Das war des Raumes Struktur.

Wenn der Mann wieder aufgewacht war und sich aufgesetzt hatte und den kleinen Raum als wahr verstanden hatte, begab er sich in seine Mitte und begann sich erst langsam und dann schneller, um seine eigene Achse zu drehen.

Der Mann, jedes Mal wie er sich so um sich drehte, sah eine Person. Er sah eine Person, welche ihn immer anblickte, wenn er sie erblickte. Immer wieder, er erblickte sie, war er verwundert, vielleicht verängstigt, und er starrte diese Figur an und wurde wütend darüber, dass auch sie ihn stets betrachtete.

Für ihn war sein Spiegelbild das Ende der Einsamkeit. Er wusste nicht, dass diese schemenhafte Gestalt, nicht jemand anderes, sondern er selbst war.

Noch half er sich selber, nur durch das Sehen und Erkennen, aber ohne das Verstehen, über die Einsamkeit hinweg.

Er war glücklich dumm, würde man sagen. Doch solange er Einsamkeit nicht verstand, war er auch unter Menschen.

Alles sprach zu ihm und ohne ein Ende erkennen zu lassen, hörte er Dinge. Er hörte alles, was man hören sollte, und er trieb es so weit, dass er alles hörte, was man hören konnte.

Vielleicht hätte er es für eine Grausamkeit gehalten, wenn er es gewusst hätte. Doch von Zeit zu Zeit fragte er die Person in den Wänden, nur um selber Fragen zu hören. So hörte er Fragen, über welche er nachdachte. Gab Antworten, welche er hörte und welche neue Fragen aufwarfen; letztlich hatte er sich selber vergessen. Ein ewiges Gespräch, zwei ewige Meinungen, eine Diskussion, ein Mensch wie ein Tier.

Diesen wundersamen Tanz vollführte er immer wieder. Mit sich selbst tanzend, sich selbst führend.

Doch jedes Mal, wenn er glaubte, die Frage gehört und die Antwort verstanden zu haben, versuchte er, einsam weiter zu tanzen. Er konnte nicht. Nie konnte er weiter tanzen.

Denn jedes Mal hörte er ein seltsames Geräusch, ein Glucksen aus den Wänden, und er wusste, er musste sich setzen.

Nun begann der zweite Vorgang. Der erste war es gewesen, sich in die milchige Kapsel zu legen und einzuschlafen. Der Inhalt des zweiten war es, sich bei dem Glucksen aus den Wänden zu setzen, an einen Tisch zu setzen, welcher sich synchron mit dem Glucksen, sanft gleitend, geräuschlos, aus der

Wand hinaus zwängte; deshalb hatte sich auch ein Stuhl hatte sich aus ihr hervorgehoben.

Beide waren sie weiß, und kein Makel war an ihnen zu erkennen. Der Mann setzte sich. Er schloss die Augen. Fest schloss er die Augen und schien zu wissen, oder einfach nicht zu erahnen, dass dort etwas vorging, ein Vorgang, den er nicht erblicken konnte.

Ein zärtliches Surren setzte ein. Ein Geräusch. Etwas wird herab gelassen.

Hört er das leise Klicken, öffnet er seine Augen und betrachtet voll kindlicher Überraschung jene chromhafte, blank geschliffene, alles spiegelnde Schüssel, wie sie dort vor ihm steht.

In der Schale ruhte eine braune, organische, zähflüssige, wie erbrochen wirkende Flüssigkeit. Eine jeden Hunger im Keim erstickende Substanz ist sein einziges Gericht. Mit seiner rechten Hand essend, schmeckt es ihm nicht. Doch mit seiner linken den Löffel führend sehr wohl. So verzweifelt ist er. So zerteilt ist er.

So steht dort nun die Schüssel. Keiner von beiden beginnt ein Gespräch. Er will nicht und sie kann nicht, sie konnte noch nie, doch das hat er nie gewusst.

Er hat sie schon vergessen, denn von der Decke des Raumes hängen zwei ungebogene, perfekt gestraffte Kabel. Beide betrachtet er abwechselnd und greift auch so nach ihnen. Das eine führt er an seine rechte und das andere an seine linke Schläfe und steckt beide hinein.

Hinein ins Fleisch. Ein Zittern durchfährt ihn und Anspannung entsteigt seinem Hirn. Angst. Wie ein Dorn, der seine beiden Schläfen durchsticht, ragen die Kabel aus seinem Schädel heraus.

Kleine feine, gut sichtbare, aber sehr zierliche Rinnsale von Blut laufen entlang seiner Wangen, sammeln sich an seinem Kinn und tropfen in seinen Schoß.

Der Schmerz wird stärker. Er durchrennt ihn, rast durch jede Faser seines Leibes und eckt an. Nichts meidet er, nichts fürchtet er, nichts lässt er sich nehmen, ihm entgeht nichts, er ist geizig, grausam, vermessen, er ist alles zugleich. Der Schmerz führt ihn zu fremden Gebärden. Fest sitzend wirft er seinen Oberkörper hin und her. Sein Gesicht rötet sich, er leidet, am Hals treten Adern heraus. Unendliche Schmerzen, unendliches Verlangen. Er schreit nicht, als hätte man seinen Kehlkopf zertrümmert, schreit er nicht.

Scheinbar geisteskrank verlieren seine Augen ihre gemeinsame Bahn und gehen eigene Wege. Geteilte Blicke.

Doch eines, das linke Auge, erhascht die Schüssel, jene chromhafte, blank geschliffene, alles spiegelnde Schüssel, mit einem Blick.

Und plötzlich erschlafft der Körper, die Arme ruhen, auch das Haupt ruht und starrt nun mit beiden Augen auf den Tisch.

Die Schüssel ist nicht leer. Sie war nie leer. Sie ist nun anders gefüllt. In ihr ruht nicht mehr die Masse, die braune, organische, zähflüssige, wie erbrochen wirkende. Vor dem Mann liegt nun ein

Brathähnchen. In der chromhaften, blank geschliffenen und alles spiegelnden Schüssel liegt ein goldbrauner, dampfender, knusprig aussehender Vogel. Tot. Ein toter Vogel liegt in der Schüssel.

Er, der Mann, fasst sich an die Schläfe und streift das Kabel. Der Vogel verschwimmt und in der Schüssel ist nun wieder die braune, organische, zähflüssige, wie erbrochen wirkende Flüssigkeit.

Die Augen weiten sich. Der Schmerz setzt wieder ein. Wieder fängt der Kopf an zu zittern. Die Augen tränen. Masse, Hähnchen, Masse, Hähnchen, Masse, Hähnchen. Die Augen schmerzen. Hähnchen, Masse, Hähnchen, Masse. Die Augen brennen. Flimmern. Einfach nur Flimmern. Jeder Blick, zwei Bilder, Eindrücke, Formen zugleich. Es verschwimmt. Das eine und das andere. Flimmern. Verbinden und Erkennen. Das Verstehen tritt hinzu.

Wieder streift ein Finger das Kabel. Hähnchen. Der Mann schreit. Mit beiden Händen greift er nach dem Vogel. Der Vogel ist zart. Die Haut in

Streifen abgerissen, müde nach dem Flattern an den Seiten herunter hängend trieft das Fett an und von ihr auf den Tisch. Der Vogel wird zerfleischt, von seiner Struktur befreit.

Wie erregt dringen des Mannes Hände in das Federvieh und reißen heraus, was ihm auf den Knochen hängt.

Die Hände vom Öl glänzend, wie goldene Finger unter dem hellen strahlenden Licht, zerfasern das Fleisch.

Ganz klar tierisch. Kein Zweifel. Kein Unterschied und kein Vergleich möglich.

Alle Fragen unbeantwortet. Der Vogel kannte keine Antworten.

Ein erneutes Surren streifte den Zustand des Mannes wie er in seinem Raum am Tisch saß. Er blickte auf. An die Decke. Studierte die Decke und schaute von rechts nach links und zurück. Seine Hände, golden glänzend, spastisch verkrampft, die Finger verworren. Fasern des Fleisches fließen aus ihnen heraus und klatschten auf den Tisch. Sie hinterlassen keine Spuren. Kein Fett auf dem Tisch, kein Öl. Keine Haut auf dem Tisch. Kein Fleisch. Die Hände starr.

Mit einem brachialen Klicken, so hörte der Mann es, öffnet sich eine kleine Luke in der Wand. Ein kleiner metallener Arm, ebenso chromhaft wie die Schüssel es war, gleitet aus ihr heraus und bewegt sich nicht mehr, als er sich direkt vor dem grimmig verzerrten Antlitz des Mannes befindet.

Von Angesicht zu Angesicht, gefletschte Zähne und blitzendes Erz. Triefendes Kinn.

Am Ende des Armes hängt ein Tuch. Einfach nur ein Tuch. Vollkommen regungslos hängt es am Ende des Armes. Des Mannes Züge entspannen sich. Ein letzter Blick auf den Vogel. Er will sichergehen, dass er noch dort ist. Wieder ein Glucksen aus der Wand.

Die rechte Hand des Mannes greift nach dem Tuch und entreißt es zärtlich dem künstlichen Arm. Er lässt ihn gewähren.

Der metallene Arm gleitet zurück in die Wand. Die Wand schließt sich.

Der Mann führte das Tuch zum Mund. Er reibt es sich durch sein Gesicht. Er trocknete das Fleisch. Das Tuch hatte nun dunkle Flecken, dort wo die Fingerspitzen es berührt hatten. Ein jeder Finger wurde abgerieben. Alles Fett wurde aufgesaugt.

Die Reinigung. Ein gereinigter Mensch. Kein Tier mehr. Ein Tier, kein Mensch, ein Handtuch, der Gebrauch davon – ein Mensch! So einfach.

Vor der zweiten Wand tat sich nun etwas auf. Eine große Spirale. Ihre Ausläufer hell bestickt. Überall Licht.

Der Mann stand auf und ging auf die zweite Wand zu. Er presste sich gegen sie, berührte sie. Voller Sehnsucht versuchte er sie zu überwinden.

Er war eingenommen, von der gleißend hellen Schönheit, von der perfekten Geometrie der Spirale war er eingenommen. Wie in Abhängigkeit begann er zu schwitzen, die Wand beschlug.

Er wischte sie sauber, um sehen zu können, um zu genießen.

Wie eine gigantische Kaffeemühle klaffte die Spirale vor dem Mann, entblößte sich. Sie verschlang Licht, es strömte zu ihr und ihm gefiel es. Ihr bloßer Anblick ließ ihn glauben, zu verstehen.

Zermahlenes Licht. Jungfräuliche Zeit. In ihrem Sog war er verloren. Wie restrukturierte Kaffebohnen duften, so duftete vielleicht auch das Licht. Würde der Mann auch duften, gut duften, wenn er die Kiefer der Spirale wieder verlassen würde? Würde er belebend beeinflussen?

Niemand wusste etwas. Immer noch starrte der Mann gebannt auf die Spirale. Wie im Einklang, schien er sich mit ihr zu drehen.

Immer näher kam er ihr – keiner wich zurück –, sie strebten aufeinander zu.

In den Augen des Mannes - erfüllt von Tränen - schwamm Hoffnung.

Hoffnung nach einer Erklärung. Hoffnung für Kraft, um einen weiteren Schritt zum Licht hin zu tun. In das Licht.

Hoffnung auf etwas Neues.

Nun war es nicht mehr lang. Die Entfernung war nichts mehr. Man erwartete sich.

Unter dem Blick des Mannes schien die Spirale sich unaufhörlich zu drehen. Sie erwachte zum Leben. Sie bewegte sich und lebte und der Mann dachte, sie reagiert.

Und dann passierte es:

der Mann in seinem kleinen Raum berührte die Mitte der Spirale. Er weinte, er schwitzte.

Das unendliche Licht brach sich in den Tränen und Schweißtropfen auf seinen Wangen und warf zarte Strahlen um ihn. Er war umhüllt, erfüllt und zufrieden. So wie sie sich vereinten, in einander auf- und niedergingen, war es hell und dunkel zugleich. Der Mann schwebte. Schwebte in seiner

Naivität und Zufriedenheit. Nahm alles für gegeben und ließ sich treiben, vegetierte, wurde belebt und war lebend.

Er drehte sich um sich. Er war sein eigener Mittelpunkt.

Doch um ihn herum verschwand sein Raum. Er war frei, aber er war frei in der Dunkelheit. In ihr gab es nichts und auch keine Freiheit.

Er folgte der Dunkelheit, und ihr folgte eine weitere, tiefere, schwärzere. Jedem Dunkel folgte ein weiteres, und umso dunkler es wurde, umso heller wurde das Licht.

Von einer Schärfe zeugend, blitzte es immer wieder in das Dunkel, in welchem der Mann verschwand. Verzweifeltes Licht. Träumendes, trügerisches Dunkel.

Es war vorbei. Um den einsamen Raumfahrer war es still. Das Dunkel war nun so stark, dass sich alle Sinne verflüchtigten und er in seiner Physis zusammengepresst wurde.

Das Licht züngelte immer länger und spitz tiefer stechend in die Dunkelheit. Es war so hell geworden, dass der Mann es nicht mehr wahrnahm. So war es nur noch dunkel.

Aber es war nur kurz still. Gerade hatte der Mann sich eingefunden, sich vereinbart mit neuen Dingen. Alles, was er nicht hatte, was er hätte nicht begehren können, war nun da.

Und so fügte er sich ein. Versuchte zu schlafen. Verhielt sich wie ein Teil der Dunkelheit, wie etwas Unauffälliges.

Plötzlich vernahm er etwas. Ein Geräusch. Nur ein sanfter, liebevoller Ton. Wärme traf ihn. Feuchtigkeit. Warme, triefende, stinkende Feuchtigkeit prasselte auf ihn, umhüllte und umspülte ihn.

Er hörte es schon wieder, dieses Geräusch. Ein Reiben. Ein gut gemeintes, schützenden Reiben. Etwas rieb sich an etwas und etwas rieb sich an etwas anderem. Alles schien sich um den Mann herum, zu bewegen.

Fühlte er sich unwohl? Wusste er bereits jetzt schon, dass er es so nicht wollte? So nicht sein wollte?

Er strampelte. Trat um sich. Jedes Bein und jeden Arm warf er von sich weg. Nach etwas Genauem und allem zugleich schlug er, durchschnitt die Ströme von Schleim und Feuchtigkeit, und traf sich letztlich selbst.

Ein Schrei. Er wollte ihn. Der Mann wollte den Schrei, den Ton. Nichts kam. Seine Absicht ertrank im Schleim.

Er wusste nicht mehr, wie er sich helfen sollte. Angst schwamm um ihn herum, berührte ihn.

Die Augen öffneten sich. Sie waren geblendet, und indem er sie öffnete, in die Dunkelheit blickte, brachte er Licht in sie hinein. Erst indem er versuchte, in der Dunkelheit etwas zu erblicken, war es ihm möglich zu sehen, zu erkennen.

Doch er verstummte. Das, was er sah, wollte er nicht sehen. Er hatte nicht erwartet. Nichts hatte er erwartet und dann erblickte er das, was vor seinen Augen lag, was sich um ihn herum befand.

Die Dunkelheit leuchtete. Sie blitze und blickte ihn an und reflektierte. Das Dunkel hatte Struktur erhalten, Formen bekommen. Es wies eine Ordnung auf. Es bewegte sich. Das Dunkel bewegte sich, unaufhörlich durch sich selbst.

Tausende Würmer mit tausenden Ringen auf ihren Leibern und Bäuchen schlangen sich umeinander. Einer organischen, lebendigen Choreographie folgend trieften ihre Absonderungen auf den einsamen *raumfahrenden* Mann hernieder.

Keiner schien sich alleine bewegen zu können. Alle bewegten sich zugleich und nur dann ein jeder.

Gegenseitig rieben und pressten sie sich an die Wand der Kugel. Glitschig tropfte es von oben nach unten, von rechts nach links auf und durch den Mann, welcher hilflos, verängstigt und zugleich in Liebe - wie gebannt - in ihren Dreck starrte. In der Mitte der Kugel schwebend, so war er nun.

Wie er sie so betrachtete, kam ein Schmerz in ihm auf. Eine weitere Qual gab sich ihm hin und er willigte widerwillig ein.

Der Schmerz dehnte ihn von innen. Aus seinem Bauch heraus schlug und drückte und presste er gegen seine Hülle.

Der Mann riss sein Oberteil zur Seite und auf seinem Bauch zeichneten sich die Umrisse eines Gesichts ab.

Nun kratzte und riss er an seiner Bauchdecke. Schrie er? Wollte er schreien? Schmerz war mit ihm, aber kein Ton.

Etwas in ihm zog sich zusammen, hielt ihn an, sich zusammenzureißen. Keine Disziplin war ihm bekannt und trotzdem bewegte er sich mit jedem Gedanken an den Zustand vor dem Unwohlsein weiter auf das Aushalten zu. Er war seine Disziplin, in seinen Augen, unter seinem strengen Blick wollte er beweisen; also schloss er seine Augen.

Er lernte den Schmerz nun von innen kennen. Wenn er die Augen geschlossen hielt, schmerzte es innerlich.

Immer weiter krümmt er deshalb seine Körpermitte zusammen – er wollte bei sich behalten, was dort aus ihm entspringen wollte. Arme und Beine – sein Haupt schützend – zusammenhaltend über seinem Bauch verschränkt. So verharrte er.

Und wieder, ganz plötzlich traf ihn der Schmerz. Wie ein gewaltiger eiserner Nagel drang er in sein Hirn und trieb sich weiter. Wie eine Sonne anstatt der Augäpfel, welche sich selbst erblickt und erblindet, traf ihn der Schmerz. Er mischte seine Sinne. Der Schmerz entriss ihm jegliche Ordnung und lies ihn tanzen während er den Rhythmus krächzte. Innen und Außen waren vereint. Unter Qual hatten sich Geist und Fleisch ineinander verbissen. Ihre Zähne – *ratio* und *emotio* – verhakt in irdischem Fleisch, klaffende Wunden reißend.

In der Dunkelheit seiner verschlossenen Augen sah er die weiß bezahnten Mäuler blitzen.

Schmatzend, ihn erblickend, menschliches hinweg leckend, sprangen sie auf ihn ein. Er begann zu zittern. Gleichmäßig vibrierte sein Fleisch. Mit ihm ging es zu Ende. Das Fleisch ging zugrunde, seine Grenzen zitterten und es verlor sein Vertrauen in sich – es war sich fremd.

Wild, vielleicht unter Tränen, versuchte die Physis, die Augen geschlossen zu halten – es gelang ihr nicht.

Trockene und wieder flüssig gewordene Tränen barsten von den roten Liedern des Mannes, und er blickte sich in die Augen. Plötzlich erkannte er Augen, Nase, Mund – das Haupt. Dann auch Arme, Beine, Hände und Füße; sein Geschlecht verschloss sich ihm. Was war er nun, wo er sich selbst gegenüberstand? War er Frau, war sie Mann? Waren sie Mensch oder Tier? Mann und Frau, zwei Tiere wie sie tierischer nicht hätten sein können – erst ihre Vereinigung, erst ihr Sinn als Ursprung

neuen Lebens, als Schöpfungsquelle, machte
Mensch aus ihnen.

Und so verharrten sie nun. Beide ein Teil eines
Ganzen – in Wut und Freude getrennt. Sich nicht
erkennend, voneinander verschließend, vegetie-
rend. Obwohl sie selbst, jener Ursprung waren,
jener innige, persönliche, schöpferische Hinweis
auf das Ende der Einsamkeit des Geistes, trieben
sie doch hinfort. Gegen den übermächtigen
Strom, welcher der jeweils andere für sie war,
kämpften sie an – naiv und kalt. Neugeboren
weinten sie, und ihnen schmerzten die Fasern ihrer
Muskeln, und so wie sie weinten, schwoll der Arm
des Stromes – ihr Schmerz stärkte sie. Stärker denn
je und doch neugeboren. Nie lebendiger. So wollten sie doch zur Einheit zurück – vereint zu sein,
danach strebten sie – doch diese Absicht glich sich
nicht. Sie durfte sich nicht gleichen! Sie waren
Stärke und Schwäche füreinander, und aneinander
sackten sie zusammen. Verloren ihre Kraft, die
letzten Tränen flossen über ihren gemeinsamen
Leib. Ein Moment vorüber, die Kraft des Lebens
und schöpferischer Ursprung vergangen – Mann

und Frau trieben, sich unter Tränen nie klarer sehend, davon. Der Raum zwischen ihnen zerrte an ihren Herzen, riss sie, stahl sie und ließ sie zurück. Im Salz der Tränen trockneten sie. Die Emotionen starben just an diesem Ort, wo doch niemand hinfinden würde. Sie lagen dort, sichtbar für jeden, wenn er doch vorbeikäme, und markierten, dass die Menschen, die die Wunden dieser Herzen tragen, nie mehr, nie wieder und nie der Ursprung sein werden. Sie schlugen den selben Weg ein, doch werden die Ziele sich nicht gleichen, nach jedem Weg folgt jedoch ein Ende – das eine, Ende der Qual, das andere, Ende des Lebens.

DIE ERINNERUNG – 1937

„Schon immer war der Leitgedanke meiner Familie, dass das Studium – egal, ob für Frauen oder Männer –, die schlussendlich beste Veredelung des Menschen darstellt. Alle anderen Fähigkeiten waren redundant, bis zu dem Moment, in welchem man sein Studium beendet hatte. Vorher gab es nichts, und aufgrund des Studiums und die tiefere Orientierung auf den, durch eben jenes, eingeschlagenen Pfaden, war auch danach nichts weiter als das Wissen. Aus einem unbeholfen gefassten, durch Hilflosigkeit herangezogenen Gedanken, erhoffte man sich so, die Separation von anderen Menschen. Letztlich zwang man allen anderen Menschen so seine eigene Meinung auf. Wer studiert war, durfte mit uns reden – wer dies nicht war, durfte dies nicht und wurde von uns höchstens beleidigend angesprochen. Diese Ideologie sollte sich als ein fataler Fehlschluss herausstellen, nicht zuletzt sogar, als ein arischer Gedanke. Meine Beichte erachte und erhoffe ich mir insgeheim als eine präventive Maßnahme, mich von dem Kreise der *falschen Deutschen* meinerseits separieren zu können. Mit dieser Absicht vor Augen und dem Wissen, dass ich kein Nationalsozialist bin, gestehe ich nun, dass ich studiere, aber um keinen Preis ein Student bin.

Wenn man die großen Familien genauer betrachtet, die Eindrücke und Thesen analysieren würde, würde sehr schnell, ein Ergebnis aufkommen, welches von Manipulation, erzieherischen Unstimmigkeiten und Diskriminierung zeugen würde – dann wäre man lieber Waise. Eine Doktorarbeit über genau diese Thematik ist es, die seit langer Zeit ausbleibt, und obwohl ich meine Familie und alle Familien, die eben dieser meiner *kranken* Familie ähnlich sind, bis über den Tod hinaus hassen, verachten und verfolgen und für immer kennzeichnen will, so habe ich mich doch gegen die Germanistik und für die Physik entschieden. Denn die Physik war es für mich, welche das menschliche Denken mit der Natürlichkeit der Dinge unserer Welt verbindet, und dies – zumindest für mich – mit einer Vorsicht dosiert, dass ich mir keinen anderen Studiengang vorstellen könnte – noch nicht mal, die meine Familie zerschmetternde Germanistik –, der mich schließlich so glücklich, erfüllt und immer aufs Neue meine Neugier weckend, zurückgelassen hätte. Ich mag mich wehren und treten und beißen und spucken, immer werde ich eine Frucht eines Höllenbaumes sein, dessen brennendes Blattwerk den Grund, die Erde und die Lebensgrundlage schwärzt. So mag sich mir zwar das Vergnügen verschließen, meine Familie zu Recht zu denunzieren – dank der Physik eröffnet sich mir allerdings ein Weg, diese zermalmenden Qualen, die die gesellschaftliche Zerschmetterung hervorbringen würde, nachzuvollziehen und zu durchleben; da ich letzten Endes immer noch aus ihren Reihen stamme und ein Teil der Seele meiner *lieben* Mutter und meines *lieben* Vaters durch meinen Körper hallt, empfinde ich diese Lösung als eine außerordentlich gerechte. Es hat sich eben zu meinem Ziel erklärt, das Unerklärliche zu erklären. Zu erklären, dass ich aus einer Familie voller glühender Nationalsozialisten stamme und doch keiner bin. Genau so etwas Unerklärliches hat sich vor einigen Tagen und seitdem fortwährend ereignet. Der Tag begann wie ein ganz gewöhnlicher, und ich begab mich zur Universität. Ich setze mich wie immer in die Vorlesung und wollte sie auch wie immer an ihrem Ende wieder verlassen. Doch an diesem Tag rief mich der Professor zu sich. Ich sollte mich setzen und er schwieg eine Zeit lang. Er schaute mich noch nicht mal durchgängig an, und so glitt sein Blick oft auf hinter mir liegende Dinge ab. Schließlich erhob er sich und begann zu murmeln – er murmelte lange vor sich hin –, während er in seiner Ledertasche nach etwas suchte. Er wühlte und wühlte bis er schließlich einen kleinen Kristall herauszog und ihn mir überreichte. Mein Blick musste fragend gewesen sein, denn energisch wie nie zu vor, sprach er ein Wort aus: „Prisma".

Natürlich war mir ein Prisma nicht fremd – ich hatte viele Erinnerungen an meine Schulzeit, wo wir ein solches Instrument oft gebrauchen muss-ten. Der Professor verlangte von mir, dass ich die-ses Prisma für einige Tage mit mir nehme. Jetzt, im Nachhinein, erklärt sich mir die Bestimmtheit, mit welcher er mir diese simple und zugleich grundlose Aufgabe übertrug, denn noch am selben

Abend ereignete sich das unerklärliche Ereignis zum ersten Mal.

Sie müssen wissen, über meine Abneigung gegenüber den Nationalsozialisten und durch den permanenten Versuch, mich von meiner Familie – welche letztlich zu dieser verachtenswerten Gruppe der Deutschen zählt –, so gut wie es mir nun gelinge, abzunabeln, habe ich Deutschland verlassen. Noch nie erschien es mir verführerisch, das Haus, die Stadt oder gar Deutschland zu verlassen – dies ist wohl meiner Erziehung zu verdanken –, doch mir erschloss sich die Flucht aus dieser einst heimischen, aber seit 1933 – eigentlich schon seit langer Zeit davor – vergifteten Heimat als unabdingliches Unterfangen, mein Leben zu schützen und letztlich als Mensch nicht zu versagen, denn ich wusste, wenn man mir die Gelegenheit aufgezwungen hätte, so hätte ich mich, ohne den anderen Schweinen auf irgendeine Weise unähnlich zu sein, wieder in die Reihe der Nationalsozialisten gestellt. Durch den so eben erwähnten erzieherischen Riegel, den man mir von Seiten der Familie vorgeschoben hatte, war ich nicht in der Lage,

etwa nach Amerika oder England zu gehen, zu
sehr war ich doch mit Deutschland verbunden. So
fand ich mich, um 1932, im äußersten Winkel
Dänemarks wieder. Es trieb mich in meiner Nähe
zu den heimischen Gefilden soweit von ihnen
weg, dass sich das Pensionat, in welchem ich seitdem ein karges Zimmer bewohne, unmittelbar am
Meer befindet. Nachdem ich das Prisma des Pro-
fessors entgegengenommen hatte und meinen
Weg zurück in meine Unterkunft beging, erschien
es mir schwer dies zu tun. Dieser kleine Kristall in
meiner Jackentasche war so gewichtig, dass er
mich jäh – in all meinen Bewegungen – behinder-
te und zu Boden, in die Erde zu ziehen begann.
Mir ist es nicht möglich, diesen Eindruck näher zu
beschreiben, als mit genau dem Gefühl, welches
einen erfüllt – eine Art der allgegenwärtigen Auf-
regung –, wenn etwas Folgenschweres bevorsteht.
Damit sei nicht zwangsläufig etwas Schlechtes ge-
meint, in Wahrheit fing ich sogar an zu hoffen,
dass es insgeheim der Nationalsozialismus war, den
ich dort in meiner Jackentasche trug, und ich ihn –
sobald ich durch die Vordertür getreten wäre –
nach unwesentlich vielen Schritten - ins Meer

schleudern würde. Doch ich erkannte – und es
brauchte nicht lange dazu –, dass, wenn es sich um
eben jene Fehleinschätzung der deutschen Rolle in
der Weltgeschichte handelte, es frühestens in sie-
ben oder acht Jahren soweit wäre, dass ich mich –
und letztlich auch der Rest Europas, ja, der Rest
der Welt sich – aufraffen könnte, um diesen ver-
kleideten Kohleklumpen, diesen falschen Kristall
in die Gischt zu schmettern. An andere Gedanken
zu dieser Zeit kann ich mich nicht erinnern, und
so fand ich mich am Abend des selben Tages im
Speisesaal des Pensionats wieder. Ich saß allein in
diesem großen Raum, kein anderer Gast war dort.
Der Raum schien dunkel – auf meinem Tisch
brannte die einzige Kerze – und draußen war es
bereits Nacht geworden. Wie ein Verschwörer saß
ich dort – ich kam mir eigentlich auch so vor –
und mit der ungewollte Beute in der Tasche, aß
ich zu Abend. Wie ich es jeden Abend nach dem
Essen tat, ging ich noch einmal hinaus, spazierte
durch die Dünen und traute mich erst, als ich dem
wahren, ehrlichen Meer gegenüberstand, tief und
voll einzuatmen. Mit voller Brust und gespanntem
Hemd, ging ich die Dünen hinab an den Strand.

Das große Blau schien von meiner Last zu wissen, denn die Wellen klangen wie der Applaus von Tausenden, die von meinem Hinabstieg beeindruckt waren. Zu meiner Linken ragte der *Graue Turm* in einiger Entfernung aus dem verspielten Verlauf der Küste hinauf und erhellte den Nachthimmel immer wieder für einen kurzen Moment. Das alte *Leuchtfeuer* brannte schon lange nicht mehr – sein mit Holz beladener Eisenkorb wehte sanft im Nachtwind, während sein Schatten vom Licht des *Grauen Turms* immer wieder für einen kurzen Moment auf den Strand geworfen wurde. Was hätte es die *Skagenmaler* Tränen gekostet, an diesem Abend in den Dünen zu sitzen, so wunderschön waren doch die Küste und das nackte Meer in ihrem Schoß. Dies war kein Ort, an dem sich die Natur verstellte. Wäre man von hier aus wieder zurück nach Deutschland gefahren, so hätte man sie dort kollabieren sehen können, aber nicht hier, nein! Hier war sie stark und wunderschön und unverfremdet. Wo sie um die Städte herum nur noch ein totes Zerrbild ihrer alten Schönheit war, war ihre Schönheit hier jene Vollendete, wie sie lockt und verschlingt, gerecht und kalt. Von der nächtlichen Schönheit berauscht und mit Tränen der *Skagenmaler* auf meinem Gesicht, holte ich das Prisma aus meiner Jackentasche – es regnete. Ich hielt es vor mein rechtes Auge und schaute die Küste entlang. Wie wunderschön alles mit bloßem Auge gewesen war, wie wunderschön es nun war und wie viel Schönheit sich noch in den Dingen versteckte, bevor die Regentropfen das Prisma trafen. Durch die bloße Offenbarung der natürlichen Kunst um mich herum, glaubte ich den Professor zu verstehen. Wohnte ich doch schon so lange an diesem vollkommenen Ort, in Trauer brannten die Wunden, die mir das zwei-schneidige Schwert Deutschland beigebracht hatte, unter den salzigen Böen, die auf das Festland schlugen, aber in solch einer Schönheit hatte ich diesen, ja, nicht einen einzigen anderen Ort in der Welt wahrgenommen. Und nun wollte ich den Himmel sehen! Den Nachthimmel, den ich schon so oft betrachtet habe, betrachtete ich nun durch das Prisma. Doch nun beginnt das Außergewöhn-liche. Wie auch die Küste entriss ich dem Nacht-himmel jenen wertvollen Eindruck seiner voll-kommenen Schönheit – doch er hatte einen Makel. Einen Makel, welcher zwar wunderschön, im großen Zusammenhang aber unpassend und zerstörerisch war. Mitten auf dem Himmelszelt, ich würde fast schon sagen, direkt über mir, prangte ein *roter Stern*, ein roter Punkt, welchen ich zuvor noch nie dort gesehen hatte. Jeder Blick darauf versetzte mich in Angst. Ich kann es nicht erklären, aber jedes Mal, wenn ich diesen *roten Stern* anstarrte, entglitt mir jegliche Fassung, all meine Mimik wurde zur Spastik und ich kann mich erinnern, dass ich mich in meinem Leben nie mehr vor einer Sache gefürchtet habe, als vor diesem *roten Stern* – ja, noch nicht mal vor dem Nationalsozialismus. Voller Entsetzen nahm ich das Prisma von meinen Augen und starrte in den Nachthimmel, an die gleiche Stelle wie zuvor blickte ich, doch dort war kein *roter Stern*. Kein Stern war einem anderen unähnlich. Ich war verblüfft, überrascht und immer noch verunsichert. Langsam führte ich das Prisma wieder vor mein rechtes Auge und schaute nach oben. Da war er, der *rote Stern*. Ich wusste keinen Ausweg, und so nahm ich das Prisma, steckte es tief in meine Jackentasche und begab mich zurück zum Pensio-

70

nat. Ich wünschte *Holger Drachmann* eine gute Nacht und warnte ihn vor dem *roten Stern* – so ging ich zurück. Im Pensionat brannte kein Licht mehr. Die Tür war angelehnt, und alle Stühle lagen kopfüber auf den Tischen, trockenes Laub und Dünengräser lagen verweht auf den Steinen. Ich blickte noch ein letztes Mal über die Dünen und sah die weiße Gischt, deren Spitzen in die Nacht hinauf sprangen. Das Prisma holte ich ein letztes Mal hervor und blickte mit ihm vor meinem rechten Augen an die Stelle, wo ich den *roten Stern* vermutete. Er war nicht da! Fast schon erleichtert schaute ich in unmittelbarer Nähe zu der Stelle, wo ich ihn vermutete, doch er war nicht zu finden. Ich blickte weiter und weiter nach oben, sah alle Sterne schöner denn je in die Nacht leuchten und da war er! Der *rote Stern* war gewandert. Er war nicht mehr, wo er zuvor gewesen war, und ich würde fast sagen, dass er sich genau über mir befand. Wieder nahm ich das Prisma vor meinem Auge weg und so verschwand auch der *rote Stern*. Ich verabschiedete mich für diesen Abend von der Natur da draußen vor dem Pensionat und begab mich in mein Zimmer. Auch zu diesem Zeitpunkt erschienen mir meine Gefühle alles andere als leicht zu beschreiben, vielmehr ging von dem Anblick dieses *roten Sterns* etwas aus, was mich sehr ängstigte. Ich verstand es nicht und wäre am liebsten sofort abgereist. Seit fünf Jahren wohnte ich nun schon in diesem Pensionat und ein *roter Stern*, den ich nur durch ein Prisma im sonst so schönen Nachthimmel ausmachen konnte, lässt mich voller Furcht meine Sachen packen wollen. Ich würde nicht etwa weiter ins Landesinnere umsiedeln, nein! Ich würde mich zurück nach Deutschland wagen – so ernst ist es mit meiner Angst. Aber warum, weiß ich nicht. Es erschließt sich mir durch keinen Gedankengang. Schlussendlich kam ich jedoch zu der Vereinbarung mit meiner Angst, dass ich natürlich NICHT nach Deutschland zurück kann und mir nichts anderes übrig bleibt, als in diesem Pensionat – für den Rest meines Studiums wenigstens – zu verharren; es war in den fünf Jahren nun auch kein einziges Mal unerträglich gewesen, egal was. Die Gäste und die Besitzer waren stets nett und dezent, kein Wetter war aufdringlicher gewesen, als ich es mir vorgestellt hatte und mein Zimmer – insbesondere mein

Bett – war immer warm und weich sowohl vorgefunden als auch verlassen worden. Mit diesen Gedanken in meinem Kopf, legte ich mich an diesem Abend schlafen. Trotzdem regte sich eine seltsame Anspannung in mir, hervorgerufen durch den *roten Stern*, den ich nicht sehen konnte, von dem ich aber wusste, dass er zu diesem und zu jedem anderen Zeitpunkt, ob in meinem weiteren Leben oder während der Tage, die ich schon erlebt hatte, über mich wachen würde – welches Ziel diese Wache auch haben kann, kümmerte mich zu diesem Zeitpunkt aber nicht. Am nächsten Morgen wachte ich auf wie ich eingeschlafen war; beunruhigt und immer noch – durch meinen Instinkt bekräftigt –, in der Lage sofort abzureisen. Mein Kopf schmerzte. Ich hatte einiges geträumt, und so wie ich versuchte, mich an den Traum zu erinnern, das Bild, welches mich letztlich darauf aufmerksam gemacht hatte, dass ich geträumt hatte, zu erfassen, so war er verschwunden. Ein wundersames Gefühl geht mit diesem Verlust einher, jedes Mal auf ein Neues. Es stellt sich ein, sobald man sich wieder schlafen legt. Und nicht nur, dass dort diese Verbindung zwischen der Erinnerung an den

Traum und der bloßen Tat des Zubettgehens be-
steht; ferner scheint das heimische Gefühl des
Träumens, auch unmittelbar dann hervorgerufen
zu werden, wenn man sich niederlegt, in dem
Bett, in welchem man den Traum erfahren hat.
Und genau dieses Gefühl des Verlustes verspürte
ich am nächsten Morgen. Allerdings mit einem
kleinen Unterschied. Waren die anderen Nächte
doch lediglich von Träumen behaftet, welche
Verlangen sexueller wie materieller Natur befrie-
digten, wusste ich doch am Morgen nach eben
dieser Nacht, dass ich durch den wie jedes Mal
folgenden Verlust jeder Erinnerung an den Traum,
in diesem Fall, wirklich etwas verloren hatte; ich
wusste, ich musste mich unbedingt erinnern können. Am Abend zuvor hatte mich die Tatsache,
dass ich den *roten Stern* erblickt hatte, so verunsichert, dass ich über das Ausmaß der Verunsiche-
rung, nach der geträumten Erfahrung der unmit-
telbaren Präsenz des *roten Sternes* als Umstand
meiner Person, umso überraschter war, da dieses
das Vorhergegangene bei weitem übertraf. Ich
wusste somit nichts, außer einer Tatsache, dass der
Inhalt meines Traumes nicht die Verarbeitung der

bloßen Sichtung des *roten Sternes* war, in meinem Traum – und so war ich mir sicher – hatte ich den roten Stern in seiner Idee erlebt, in seinem ursprünglichen Sinn. Den ganzen Tag grübelte ich über den Inhalt meines Traumes, und je stärker ich grübelte, je hartnäckiger ich meinen Verstand durchpflügte, meine Erinnerungen zerfaserte, um so weiter weg von mir drängte ich diesen Traum. Grundsätzlich meine ich es gut, wenn ich mich an etwas erinnere, selbst wenn es eine schlechte oder zumindest unerfreuliche Erinnerung ist, denn ich erachte sie ja schließlich – so denke ich mir –, indem ich mich an sie zu erinnern versuche, als sinnvoll, da ich irgendeinen Schluss aus ihr gezogen habe, im Grunde etwas lernen konnte. So verstand ich mich als gütigen Erinnerer, jedoch wollte eben diese Erinnerung nichts von diesem Privileg – wie ich es zu bezeichnen pflege – wissen.

Am Abend, nach Stunden, in denen ich versucht hatte diese Erinnerung zu erzwingen, setzte und schließlich legte ich mich wieder in mein Bett.

Mit dem Einschlafen hatte ich keine Probleme, und so schlief ich nach nicht allzu langer Zeit. Doch der Schlaf hielt nicht lang. Ich war verwundert darüber, dass ich nach nicht mal einer Stunde wieder hell wach in meinem Bett lag. Schon längst war mir warm und auch bewusst, dass dort Müdigkeit war, doch den Zugang fand ich nicht. Und so entschloss ich mich, noch einmal einen Gang durch die Dünen zu tun. Eilig zog ich mir Hose, Schuhe, Hemd und Jacke an, und lief leise die Treppen hinunter, bis ich auf der Terrasse des Pensionates stand und tief und freudig einatmete. Die erniedrigende Schwere, die ich innerhalb des letzten Tages des Öfteren verspürt hatte, war nicht mehr. Keine Anstrengung war es für mich, die Terrasse zu verlassen, durch die Dünen zu gehen, die Dünengräser zu streifen, und schließlich wieder den Wellen gegenüber zu stehen. Der Himmel war nicht klar. Nicht oft konnte man den schwächlichen Schimmer des Mondes sehen, wenn die Wolken nicht dicht genug gedrängt hingen. Als wäre und als wüsste der Mond, dass sein Schein und seine Schönheit in der heutigen Nacht Nebensache waren, war er auch nicht weiter zu sehen. Es machte keinen Sinn, aber ich wähnte mich in Sicherheit, und so holte ich das Prisma wieder hervor. Ich richtete es, wie schon zuvor gelernt, in den Sternenhimmel, welcher nur zu vermuten war, und blickte gespannt und zugleich siegessicher umher. Und trotzdem war der *rote Stern* zu sehen, zwar nur und immer noch durch mein Auge und das Prisma, doch der *rote Stern* war dort. Auf einmal war alles still. Kein Ton war zu hören, kein Wind zu spüren, und wie ich mit meinen eigenen Augen sah, war jede einzelne Welle, ob klein, ob groß – selbst die Spritzer der Spitzen so erkannte ich – erstarrt. Und als ich mich umdreht, waren auch alle Mengen der Dünengräser grade gerückt und fest, stramm stehend, in den Himmel ragend verblieben. Ich erhob mich. Zwar war die Entscheidung nicht von mir getroffen, im Grund und Sinn und Umstand aber akzeptiert worden, und so schwebte ich grade, dem Fingerzeig der Dünengräser und der Wellenspitzen folgend in den Himmel hinein. Und ebenso wie ich mich erhob, erhob sich auch der Sand. Schneller als ich, aber in achtsamer Geschwindigkeit holte er auf meine Höhe auf, so dass ich – unfähig zu sehen

–, sanft in einem rauen Nebel auf die luftige Decke der Wolken zu trieb, durch welche immer noch der Schein des Mondes drang, sobald er eine nicht dicht genug gehangene Stelle entdeckte. Und ich durchstieß sie. Wie der reinere, hellere, feuchtere Mondenschein, durchschoss ich die Wolkendecke in großzügiger Langsamkeit und wurde von den Heerscharen der Sterne, wie von abertausenden Nadelstichen getroffen – nur durch ihren Anblick. Und wie ich mich wand, vom Sande wund und blutig, von Sternenschimmer durchstochen und eigentlich lahmend, unfähig zu laufen, als Mensch sowieso zu fliegen, flog ich doch weiter. In meiner Qual, wie ich jemandem zustimmte, nicht zu schreien, schrie ich nicht. Und wie ich still schwieg, nichts sagend verblieb, war ich Ziel eines Beobachters, eines großen Auges, eines großen *roten Sternes*. Aus seiner Festung der Sterne, sandte er Wogen der Kühle und Schwälle der Kälte, um meiner Kraft zu schaden, um sie, noch bevor sie den Wall, auf den sie zustürmte erblickt hatte, zu Boden gehen zu sehen. Es schien, als wollte sich der *rote Stern* vor mir entfalten, sich mir eröffnen, obwohl er sich genierte, weil er mich so sehr zurückhielt. In ihm herrschte eine Spannung, welche ihn trotz seiner Gleichmäßigkeit zittern und vibrieren ließ. Er hasste und liebte mich, erblickte und mied mich – doch ich wusste nicht, woher ich mir dessen so sicher war; eigentlich wusste ich nichts. Wie ich gequält im freien Raume unter Sternen hing, der *rote Stern* als asymmetrischer Mittelpunkt Wellen der Ausdehnung über mich ergoss und alles rot färbte, war doch alles schwarz und weit. Blank geschliffen von Zeit und Liebe verblieb der Weltenraum, schwarz wie ein geschlossener Konzertflügel; und der Sand war noch nie so ehrfürchtig gewesen, denn er legte sich nicht nieder. Meine Seele zerbrochen wie ein zermoderter Sarg, nicht kraftvoll genug, den Kadaver zu halten. Während der rote Stern, die geschwungene Stabilität meiner Sehnsucht an sein Kreuz schlug, die Formen sich abstießen und die Nägel rostig in das Fleisch des leeren Raumes schnitten, spannten sich meine Muskeln. Ich wurde befreit. Formlos und nicht endend hielt mich der leere Raum vor seinem *roten Auge*. Immer näher trat sein Blick an mich heran, immer stärker traf mich sein Urteil, bis schließlich kein Raum

mehr zwischen dem *roten Stern* und meinem See-
lenabbild war. Mein Äußeres war der Blick auf die
Welt, auf den Raum, der sie umschloss. Und indem ich dies verstand, zerbrach der rote Stern. Er
zerbrach, nachdem er durch mich hindurch gegangen war, nachdem er mein Herz gesehen und
an ihm vorbeigezogen war. Er zerbrach, und zugleich zerschnitt er mich, die kleinsten Teile unserer Existenz fügten sich zusammen. Ich empfand
Schmerz und Ruhe, während unsre beiden Reste
im Weltenraum bluteten. Mit unseren Blutstrop-
fen füllten wir alles um uns herum. Sie verteilten
sich und trieben in alle Richtungen fort – viele
rote Sterne waren dort. Unter dem Schein des
Mondes und der Sterne und der Sonne leuchteten
sie, wie es der *rote Stern* tat. Wie ich diesem
Schauspiel beiwohnte, wusste ich, dass mein Körper gegangen war, ja, selbst die Teile, aus denen er
sich zuvor zusammengesetzt hatte, waren gegangen. Mein Abbild, meine Physis war nicht mehr
und so auch nicht mein Blut. Ohne jede irdische
Kraft, aber strotzend von der Unfähigkeit zu leben, stürzte ich wieder hinab auf die Erde.

Mein Rückfall auf sie, auf *Skagen*, auf das kleine Pensionat dauerte an. Viel Zeit nahm er in Anspruch, bis ich schließlich auf den Strand niederfuhr und die Dünen rot färbte. Ich zersprang an diesem Abend zum zweiten Mal in abertausende Teile.

Und wie ich nun all diese Ereignisse erzählend niederschreibe, war es doch letztlich das Erwachen aus diesem Traum heraus, welches in mir den Gedanken an Katharsis hervorrief. Es erschließt sich mir nicht, wieso ich zu leiden hatte, wieso ich jemandem etwas schuldig war. Ich nehme auch eher an, dass dieser Schuldgedanke aus meinem Unverständnis heraus entsteht, die Ereignisse zu erklären. Ich schulde nicht einem Menschen etwas, sondern einer allumfassenden, nicht fleischlichen Idee. Am heutigen Morgen erhielt ich Post. In einem Umschlag ohne Absender fand ich eine Zeichnung einer Walküre, die einen Wolf an ihrer Seite führt. Anbei lag eine Nachricht, welche besagt, dass in *Görlitz, bei Rastenburg,* ein Koffer auf mich wartet.

Downeaster Alexa – 1910

In diesem Dorf wird in siebzig Jahren „Luca Il Contrabbandiere" gedreht werden. Es ist 1910 und es ist Morgen. Während der Horizont - noch wund vom Sonnenaufgang – seine schmerzenden Glieder im Meer kühlt und so dessen ruhige Wogen aufbricht, sammeln sich Menschen in den Straßen. Eine Frau sitzt einer anderen gegenüber, draußen in der Sitzgruppe eines Cafés.

„Man teilt das Bewusstsein füreinander noch nicht lange. Dennoch, es ist stärker als je zuvor, und ohne jede Ambition, Schmerzen zuzufügen. Aber irgendwas stimmt nicht, irgendwas ist nicht richtig, man kennt es nicht und es fühlt sich einfach nur falsch an. Man ahnt, dass einer der Lügner ist, während man selbst – der Andere – einfach nur froh, aber letztlich ein verwirrter Trottel ist. Und dieser ist man auch nur, weil man Liebe in diese zwei-geseelte Welt gebracht hat. Von Anfang an – schon immer eigentlich – waren Männer das schwache Geschlecht. Wo die Frauen in der Umwelt – physisch – von Schwäche gezeichnet sind, tragen die Männer sie in der Emotionalität. Damit ist die Welt geteilt, aufgetrennt in ihre Teile – die äußerliche Welt, die innere, die emotionale. Aber die Männer sind nur schwach, weil sie begehren, wenn sie es nicht sollten. Es geht nicht darum, zu wollen, was man nicht haben kann. Joy Division hatte recht und Liebe ist nicht alles, was man braucht. Meine Liebe ist eine Krankheit für alle Freundschaft, die ich je genießen werde; eine kindische Reaktion auf Sympathie. Warum bin ich gut darin? Zu der Superhelden-Erkennungsmelodie von weinenden Menschen und dem Geräusch zersplitternder Träume, bereite ich mich darauf vor, barfuß über Scherben zu laufen, und ich küsse meine Wunden im Scheine ihrer Schönheit. Und wie ich gleichzeitig Liebe und Schmerz empfinde, ahne ich schon, dass ich einen Platz geschaffen habe, der nach ihr riecht und eine lange Zeit nicht gefüllt werden kann. Ich habe Angst vor mir selbst. Sie ist meine Leber, und ich bin betrunken von meiner Liebe. Ich zerstöre sie für mich und verstoße sie zu anderen. Warum ist das egoistisch? Ich frage mich das, weil ich Verantwortung für sie und uns habe. Man soll verges-

sen, was sein wird, weil es jetzt weh tut. Es scho-
ckiert mich mehr, das zu schreiben als uns beide zu
zerstören – so sehr liebe ich sie".

Ein Brausen war zu hören. Unpassend im Alltag,
fügte es sich der Unterhaltung und untermalte die
Emotion. Das Getöse war groß, der Boden zitterte, Häuserreihen spalteten sich und Straßen brachen. Die Menschen sprangen auf, liefen durchei-
nander und fassten sich an ihrer Häupter – es war
alles zu viel. Der Gesang der Wale hallte gegen
den Berg, und die Fassung des großen Monokels in
der Bucht zitterte. Ob die junge Frau nun Mann
und Frau oder jeweils einzeln liebte, vermisste
oder hasste – es war alles egal. Sie war so nebensächlich im Zusammenhalt des entstandenen Cha-
os, dass selbst ihre Freundin einfach davon ging, da
ihre Hilfe nicht mehr von Nöten erschien. Vor der
verlassenen jungen Frau fiel ein alter Mann in einen Spalt, er ist nebensächlich. Genau wie der
Schulbus, der über den Außenbereich des Cafés
rast, die verlassenen, noch warmen Stühle durchpflügte, verbog und umwarf, während er auf ein
junges Paar zufuhr, welches sich vor einer stram-

men, alten und feuerroten Backsteinwand einer Kirche umarmte – sie alle waren nebensächlich. Der kleine Junge, er trug rote Wangen, welche, gequält von Tränen, sein weißen Zähne verbargen, weinte nach seiner Mutter. Seine feuchten Augen blitzten in dem Untergang des Umstands, als ein schwarzer, kräftiger Hund von der anderen Seite des Platzes auf ihn zuschoss. Immer schneller rannte er, immer schneller geschah alles, immer schneller verging alles. Er war nicht mehr weit weg, und der Junge drehte sich um und erblickte ihn. Die Trauer war zu Ende, weil sein Leben zu Ende war. Kein Weinen wurde mehr von den Rissen im Asphalt verschlungen; sie blieben hungrig. Die Tränen trockneten und ihre Bahnen zeichnete der zerwirbelte Staub der Zerstörung auf dem jungfräulich roten Gesicht des Junge nach. Die Wangen platzten. Das Blut schoss in alle Ritzen des Umstands. Die großen weißgelben Fänge waren rot – am Ende des Lebens ist eben der Ausgang unmittelbarer Umstand der Seele. Die Unschuld lag zerrissen zwischen Staub und Trümmern, niemand ahnte mehr, dass sie geweint hatte.

Und wie das Unschuldigste zu Tode gebracht wurde, war alles still. Kein Brocken regte sich mehr in gewonnener Kraft. Kein Staub legte sich mehr, alles war getrübt und falsch. Das große Monokel erzitterte. Wellen brachen und schlugen in den Himmel; sie wurden verdrängt. An der Oberfläche der Bucht stießen Wale, Delfine, Haie, Kraken, Marline und Thunfische durch den Meeresspiegel. Sie alle verharrten kurz, und man glaubte Gelächter zu vernehmen, und trieben sofort – unter dem schadenfrohsten Lächeln der Meere auf ihren Lippen – auf eine Mitte zu. Sie alle trafen sich und schwammen so eng ineinander und tauchten zusammen wieder unter. Unterwasser, in azurenem Misstrauen, erhob sich ein Walhai aus dem Gedränge. Er schwamm, von kleineren begleitet, zu einer Stelle und verblieb. Die Kleineren, die anderen Wale, die Haie und Marline und Thunfische, drängten sich um ihn, bis er nicht mehr zu sehen war – in die Ritzen und freien Stellen schoben sich die Kraken. Sie alle verharrten, bis ein Summen zu spüren war. Das Wasser um den Berg der Fische trübte sich. Der Nebel schien aus dem innersten Punkt der Ansammlung zu kommen, und er trübte das Wasser grün, gelb und braun. Nuancen von Schwarz blitzten ebenfalls in der Fäulnis auf. Obwohl kein Einblick mehr gewehrt wurde, konnte man die Haut aufreißen sehen. Alle Haut, aller Fische zog sich wie von selbst von ihren Leibern, von ihren Flossen und von ihren Gesichtern und Fangarmen ab und wurde vom innersten Punkt absorbiert, alle Haut verschwand in allen Spalten und schnellte nach innen. Während die vollkommene Nacktheit den Tieren Schamgefühl schenkte, platzten die Muskeln und hakten sich, Fäden ziehend, zwischen den Fischen und Kraken fest. Mit nur einem raschen und kraftvollen Ruck wurden alle Wale, Delfine, Haie, Kraken, Marline und Thunfische enger zusammengepresst. Sie alle zuckten nur noch vor Schmerz, als hätten sie kein Wasser um sich. Ein großer Fleischball, zuckend und windend, war entstanden. Auf ihm prangten in seinem lachsfarbenen Fleisch verdreht Augen, die von links nach rechts zuckten oder vibrierend ins Nichts starrten. Zu Anfang noch dezent die Fäulnis bereichernd, trat nun mehr schwarzer Qualm aus dem innersten Punkt aus. Er hüllte den ursprünglichen Todesklumpen ein und verbarg ihn vor den Blicken der jungen Frau, des jungen Paares, des alten Mannes und des kleinen Jungens und seines Mörders. Das Monokel war nun schmierig schwarz, aber es herrschte Stille. Diese war dichter und undurchdringlicher, als jene, nach dem Tod der jungen Frau, des jungen Paares, des alten Mannes und des kleinen Jungens und seines Mörders; sie war endgültiger. Während die Stille zu einer Stimme wurde, und dröhnend auf das Monokel spie, verstrichen die Wellen und das Meer war glatt. Der schwarze Qualm war verschwunden, er hatte sich zurück gezogen und die glattgestrichene Wasseroberfläche zerbrach und ihre Scherben stürzten in den tiefen schwarzen Abgrund, aus dem sich eine Kugel erhob. Eine lachsfarbene, organische Kugel schwebte sanft in die Höhe, Scherben rannen von ihr herunter, während sie ihren heilenden Schatten über die zerstörte Küstenstadt und die toten, geschundenen Leiber der jungen Frau, des jungen Paares, des alten Mannes und des kleinen Jungens und seines Mörders legte. Während sie die hervorgegangene Zerstörung verbarg, auch das letzte Blitzen der in den Abgrund stürzenden Scherben verklungen war, erklang wieder die Stimme der Stille, und sie sprach ganz deutlich wie nie zuvor: „Die Geburt ist vollbracht!".

[7]

Der Steg, er wankt im Wellengang, der Blick verwirrt im Bild verfangen, und immer schwärzer
droht der Himmel. Der Maat hängt lange nun in
diesem Netz, kein Auge mehr, dass Horizonte
schleift, nur schwammige Haut in Fetzen hängt,
während Fisch an Fischerhaken denkt. Splitter
spülen, bedacht wo ward gebissen, hinab, der
Zahn im Holz, er ragt empor, jeder Schatten geht
von Bord. Blutgetränkte Planke entkommt der
Brandung, springend, sucht nach seiner Wurzel
und Geäst, verfehlend sticht sie Wellen. Im letzten
Scheine nun, der Schuppenspiegel, dem die Sonne
längst entflohen, die toten Augen rufen ein letztes
Abbild hinauf, geformt aus Gischt und Sand, wie
einsam glänzt ein Ring an toter Hand, als Krallen
packen, Blut quillt und Schnabel sanft hernieder
rauscht. Auf diesem Schiff, der Tod das Ruder
führt und keine Haut mehr Brandung, Salz und
Ufer spürt.

Der Kampf der alten Herren

Es war zur Zeit des harten Winters, als es in Babylon zu einem eigenartigen Zwischenfall kam. Am Abend des zweiundzwanzigsten Dezembers, als die Dorfbewohner alles für das große Fest herrichteten, saßen Herr Zweig und Herr Albert auf einer Bank am Marktplatzbrunnen. Herr Zweig, ein alter Mann von stolzen einundneunzig Jahren, klein und kräftig gebaut, trug ein grünes Hemd, darüber Hosenträger. Dazu trug er – egal zu welcher Jahreszeit – ebenfalls kurze, über dem Knie endende Hosen. Er hatte buschige Augenbrauen, einen leichten Schnauzbart, und aufgrund der riesigen Glatze, in welcher sein überaus fleischiger Kopf mündete, wurde sichtbar, dass eben dieser von einer großen Menge an Hautkrebsflecken übersät war. Seinen Spazierstock mit dem Kopf eines Ebers als Knauf hatte ihm sein Großvater Eberhard Zweig geschnitzt. Herr Albert war ein ungefähr ein Meter und achtzig großer Mann. Er war dünn, und im Gegensatz zu Herrn Zweig achtete er akribisch auf sein Aussehen. Immer trug er ein graues, frisch gebügeltes Hemd zu seiner

ebenso grauen und immer frisch gebügelten Hose.
Er war, wie schon an seiner Kleidung sichtbar, ein
sehr ordentlicher Zeitgenosse. So sah man ihn
auch stets frisch rasiert und mit gekämmtem Haar.
Herr Albert war vierundachtzig Jahre alt und bis
vor zwei Jahren noch glücklich mit Christine Base
verheiratet. Sein Freund, Herr Zweig, war noch
nie verheiratet gewesen, außer wie er mal sagte,
mit einem Elch in Nordschweden. Da Herr Zweig
mit seinen einundneunzig Jahren aber schon weit
über ein glaubwürdiges Alter hinweg ist, trauern
wir um eine vergessene Ehefrau. Nun trug es sich
zu, dass die beiden alten Zeitgenossen sich am
Brunnen der Stadt eine Bank teilten. Es war schon
spät, und der Wind strich um ihre alten Körper. Es
schien, als unterhielten sie sich aufgeregt.

„Ich weiß natürlich, was Sie meinen, aber mein
Enkel hat auch nichts im Kopf! Nur Genusssucht.
So war das damals nicht. Damals haben wir uns,
für so ein Benehmen noch eine Tracht Prügel ein-
gefangen, aber heutzutage ist ja alles anders. Und
denken Sie, die kommen mal zu Besuch? Nie im
Leben würde denen das einfallen. Seit sie das

Preisausschreiben gewonnen haben, rufen sie nicht mal mehr an. Und so gerne würde ich mich hin und wieder mal mit einem Menschen unterhalten, der nicht auf allen Vieren kriecht".

„Wie wahr, aber diese Menschen sind auf alles aus, was Geld ist oder was man zu solchem machen kann - sie sind habgierig, und was kann man machen – nichts! In diesen Tagen sind unsere Meinungen nicht mehr gefragt. Jeder macht das, was er will und wann er will"

„Und wie bereits gesagt oder gedacht, man kann nichts daran ändern. Außer, wir würden dafür sorgen, dass wir interessanter wären, als ihr Geld, aber als der Mensch die Wertigkeit schuf, hat er sie selbst verloren".

„Trotzdem bin ich der Meinung, dass wir uns um diese Dinge nicht kümmern dürfen, wir sollten uns um unsere Angelegenheiten scheren und nicht die Suppe anderer versalzen".

„Vermutlich, aber möchten Sie Menschen wie diesen ihr Erbe überlassen".

„Natürlich möchte ich das nicht, aber wenn ich es nicht tue, kommt es zur Tragödie".

„Sie meinen, die würden Ihnen darauf hin ans Leder gehen?".

„Menschen des Geldes sind Menschen der Gewalt! Wenn man denen nicht gibt, was sie verlangen, endet das immer in einem Desaster".

„Aber ich meine, ich bin so, wie ich das einschätzen kann, ein netter Mensch, oder sagen wir: ein guter Mensch. Aber diesen Menschen möchte ich keinen Gefallen tun".

„Sie haben wie immer Recht, Herr Zweig. Aber wieso streiten wir uns eigentlich? Lassen wir doch diese Dinge hinter uns und kehren wieder ins Leben zurück".

„Das klingt, als wollten Sie einen Anlass finden, um die alten Knochen etwas anzuwärmen?".

„Wer weiß das schon. Ich habe vor einiger Zeit von dem Sohn meines ehemaligen Deutschlehrers einen hübschen Reiswein bekommen".

„Sie sind ein Mann des Taktgefühls, Herr Albert".

Herr Albert stand auf. Er verließ die Bank und ging zu seinem Haus. Da das Haus nur hundert Meter entfernt war, musste Herr Zeig auch nicht lange auf seinen Schluck Reiswein warten, nach ein paar Minuten war Herr Albert wieder zurück. In seinen Händen hielt er eine schwere Tonflasche und zwei Gläser. Er schien erschöpft und setze sich wieder neben Herrn Zweig.

„Was ist es, Albert?".

„Ein Verwandter stand, als ich mit dem Wein und den Gläsern auf dem Rückweg war, vor meiner Haustür. Ich beeilte mich, dort weg zu kommen".

Er lächelte und stellt die zwei Gläser zwischen Herrn Zweig und sich.

„Wissen sie, mein Vater hat mir früher immer eine Geschichte erzählt. In dieser Geschichte ging es um einen Mann. Dieser zog aus seiner Heimat weg, um sein Glück zu suchen. Nach ein paar Tagen des Reisens kam er in eine Stadt. In dieser Stadt nahm er sich ein Zimmer. Da er spät am Abend ankam, gab es für ihn keine Möglichkeit, die Stadt zu erkunden. Am nächsten Morgen allerdings, als er aufwachte, aß er das Frühstück und ging in die Stadt. Die Stadt war nicht wie andere Städte. Hier gab es nicht einen Hutmacher oder einen Schuster – hier gab es Hutakrobaten. Diese Akrobaten zeigten ihre Künste jedem, der vorbei ging. Ob alt oder jung, ob arm ob reich, das Leben jedes Menschen wurde von ihnen bereichert. Ohne Lohn standen sie an den Straßen Tag und Nacht. Der Reisende war begeistert, als er aus der Stadt wiederkehrte. Am nächsten Morgen ging er wieder in die Stadt. Und an dem Tag darauf auch. Nach ein paar Tagen verlor er seine Freude an den Akrobaten, und er ging enttäuscht zurück ins Hotel. Er setzte sich auf sein Bett und dachte nach. Er dachte so angestrengt nach, dass er vergaß, zu essen und zu trinken. Nach zwei Tagen des Grübelns hatte er endlich die Lösung. Er ging in die Stadt und schaute nach den Akrobaten. Diese hatten nun neue Kunststücke gelernt, die sie den Leuten vormachten und sie somit erfreuten; und das ganze begann von vorne".

"Also blieb er in dieser Stadt?".

"Ich denke schon, mein Vater ist nie weiter darauf eingegangen". Sie tranken aus.

Herr Zweig, nun leicht angetrunken, bot Herr Albert eine Pfeife an, welche er dankbar entgegennahm.

"Mein Vater hatte früher auch so eine Pfeife".

Er begutachtete die Pfeife, seine Augen schauten misstrauisch.

"Er hatte seine Initialen eingraviert". Herr Albert stockte der Atem.

Auf der Pfeife war eine kleine Stelle, auf der man die Buchstaben J.A. erkennen konnte.

"Johann Albert", sagte Herr Albert und wurde bleich.

"Sie haben meinem Vater die Pfeife geklaut".

"Was sagen Sie da zu mir? Ihr dämlicher Vater wird sie verloren haben, und meiner las sie dann auf"

"Aber ich bin kein Dieb, das sag' ich Ihnen. Ich war immer ehrlich, Sie sollten sich schämen".

"Mich von einem Dieb beschuldigen lassen! Welch einen erfolgreichen Tag habe ich da heute verleben dürfen". Er warf ein Glas nach Herrn Zweig.

"Das nehmen Sie zurück! Sie wandelnde Leiche".

"Sie sind hier gleich die Leiche!", schrie Herr Albert und schlug mit seinem Stock auf Herrn Zweig ein, welcher hinfiel.

Er stöhnte und krümmte sich inmitten von Schneeflocken. Herr Albert sprang auf ihn drauf und holte zum Schlag aus, doch er konnte nicht.

Herr Zweig allerdings, mit seinem angekratzten Stolz, drehte Herr Albert auf den Boden und hämmerte auf ihn ein, zerknitterte seine Kleidung und zerkratzte sein Gesicht und voller Erschöpfung ließ er von ihm ab. Nun ganz von der absoluten Bosheit seines Bankgenossen überzeugt, schlug auch er auf sein Gegenüber ein, durch das Spannen und Zurückschnellen der Hosenträger zerkratzte er seine Glatze. Beide weinten. Herr Albert aus Überwindung und Trauer und Herr Zweig aus Schmerz. Sie schluchzten laut und wurden langsam von Schnee bedeckt. Auf einmal herrschte Stille. Herr Albert über seinen Bankgenossen gebeugt, atmete tief ein. Er schaute auf Herrn Zweigs Glatze herab. Er schüttelte ihn, wobei die überschüssige Haut Herr Zweigs - vor allem um den Kopf herum – flatterte. Herr Albert schüttelte weiter und weiter. Als nichts geschah, hämmerte er auf seine Brust, als wieder nichts, geschah ließ er ab. Er weinte, schluchzte und schrie, während er langsam über Herr Zweig zusammenbrach. Der leichte Schneefall hatte sich mittlerweile zu einem enormen Sturm entwickelt. Wegen genau dieses Sturms hörte auch keiner der anderen Dorfbe-

wohner die verzweifelten und schwachen Hilferu-
fe Herr Alberts. Mit letzter Kraft zog er seinen
langjährigen Kameraden in den Schutz des Markt-
platzbrunnens. Er brach auf ihm zusammen, und
sie wurden eingeschneit. Als am nächsten Morgen
das Schneetreiben nachließ, gingen die Einwohner
Babylons auf die Straßen. Die Straßen wurden
vom Schnee befreit, nur niemand kehrte um den
Marktplatzbrunnen. Herr Zweig und Herr Albert
wurden erst am 3. April aufgefunden. Ja, es
herrscht lange Winter in Babylon, und die Be-
wohner haben sich daran gewöhnt. Doch dem
harten Winter zum Opfer gefallen sind Herr
Zweig und Herr Albert, nur wegen einer Pfeife.

[8]

Es stolpert der Stumme, herum um den Körper,
und Frauen weinen den Weg. Ob Grab den Toten
Handlung verwehrt, ihre Knochen still verschränkt. Fromm sitzt ein jeder seiner Trauer hö-
rig. Bemoost und aus Stein geschabt, ein Gewicht
drängt in die Erde, was heraus will aus dem Grab.
Das Knacken aller ihrer Glieder, ein Takt für ihre
Lieder, ihre Opfer sind Gesang.

DER RINDERBARON UND DER WAHNSINN

Er war Amerikaner. Thomas war Amerikaner.
Und er war der Erbe einer großen Farm, von welcher aus sein Vater und dessen Vater das Vieh in
alle Teile des Landes verkauft hatten. Als nun sein
Großvater starb und er sein Grab mit seinem Vater
besuchte und schließlich auch sein Vater starb und
er ihrer beider Gräber alleine besuchte, wusste er,
dass er auf dieser Farm aufgewachsen war und sie
auch führen würde. So begann er, Vieh aus dem
ganzen Land aufzukaufen und seine Farm füllte
und füllte sich. Bald besaß er so viele Rinder, dass
er seinen ausländischen Hilfskräften besser Zählen
beibringen musste. In diesem Moment wusste er,
dass er größer sein würde als sein Vater und sein
Großvater je waren. So schlief er friedlich ein und
wachte auch jeden Morgen eines jeden Jahres
glücklich auf. Doch als fünfzig Jahre vergangen
waren, war auch sein letzter Hilfsarbeiter gestor-
ben. So wurde die Arbeit auf der Farm nicht mehr
getan, und das Geld wurde immer weniger, da er
immer noch Rinder aufkaufte. Irgendwann musste
er sich eingestehen, dass er zwar größer, erfolgrei-

cher und reicher war, als seine Ahnen je gewesen waren, aber das Glück ihn verlassen hatte. Und so schloss er seinen Betrieb und lebte fortan nur vom Fleisch der Rinder, welche er eigenhändig schlachtete und ausnahm.

So verging die Zeit, und plötzlich waren nur noch wenige hundert Rinder auf dem Hof. Doch der Mann war über die Albträume von dem Schwall von Blut, der aus Rinderhälsen heraus schoss und die leeren, weit aufgerissenen Augen, welche ihn anstarrten, während er taub wurde vom ständigen panischen Schreien der Tiere, verrückt geworden. Und so taumelte er eines Morgens hinaus aus seinem Haus in den Stall. Das Frühstück hatte er stehen gelassen, doch ihm fielen alle paar Schritte halb zerkaute Fleischstücke aus seinem Maul heraus. Im Stall schmerzten seine Ohren so sehr vom Geschrei der Rinder, dass sie anfingen zu bluten und er nichts hören konnte. Er taumelte und fiel hinein in den riesigen Berg aus Tierexkrementen und Stroh. Betäubt vom Gestank der Gülle halluzinierte er und fiel immer wieder in den stinkenden Berg, bis er erstickt war. Niemand hörte seine Schreie durch das Geschrei der Rinder. Doch als man ihn fand, erinnerte seine Gestalt an die eines geschlachteten Rindes. Ein fetter schlaffer Körper, welcher in einem Kopf mit einem Gesicht mit aufgerissenen Augen und einem wulstigen Maul mündet.

[9]

Wie Moos sich unter Schmerzen krümmt, den
Traum, den Traum zum grünen Gras zu werden,
jäh versiegen sieht, im wahnsinnigen Schwingen
der einsamsten aller Flammen, im kühlen Korridor
sie hängt, wirft es Schatten auf nassen Stein, und
Träne um Träne versiegt, als das nun wenigstens
das letzte seiner Existenz dem Grase ähnelt.

DER BESUCH BEIM FÜRSTEN

Der Fürst hatte sie stumm hereingelassen. Er schien in Rage gewesen zu sein, denn nicht nur, dass der Maler und Martin einige Zeit vor der Pforte der Burg gestanden hatten, während ein scharfer Wind sie immer wieder, von eben jener zu vertreiben versuchte, sondern auch, da der Fürst die Pforte zwar still öffnete, seine ganze Person der Stille aber fern zu sein schien. Das war der erste Eindruck, den Martin vom birkenwaldschen Landadel hatte – und er wurde sogleich von diesem konterkariert. „Wundern Sie sich nicht", sagte der Maler. „Keinem Menschen sieht es ähnlicher, einen falschen Eindruck zu machen als einem Fürsten – und keinem dieser Fürsten sieht es ähnlicher als diesem hier". Die Pforte knarrte. Wenige Momente später trat das fahle Gesicht des Fürsten aus der Dunkelheit in die Tür. Es ließ keinen gesunden Menschen erahnen – eigentlich ließ sich noch nicht mal über einen gewöhnlichen Kranken spekulieren, denn so wie sich die Umrisse dieses Fürsten aus der Dunkelheit befreit hatten, war es, als würde dieses Gesicht immer noch in Dunkelheit verharren, als würde es ein Teil dieser Dunkelheit sein, welcher sie letztlich als ganz genau diese absolute Dunkelheit auszeichnete. „Wundern Sie sich nicht", sagte der Fürst. „Über mein Stillschweigen dürfen Sie sich nicht wundern. Eine Diskussion mit meinem Sekretär, dem Koch und auch dem Stallburschen hat mich meiner Euphorie zu sprechen beraubt". Martin und der Maler blieben stumm und folgten – aber sie wunderten sich. Der Fürst machte Halt, er öffnete eine Tür, trat herein und bat sie, ihm zu folgen. „Dieses ist mein Arbeitszimmer. Hier habe ich diskutiert. Dies ist mein Schreibtisch und dieser der meines Sekretärs". Wie der Fürst seine Hand auf den einzigen Arbeitstisch im Raum gerichtet hatte, diesen als seinen eigenen bezeichnete, so bewegte er seine Hand kein bisschen als er diesen Schreibtisch ebenso als den seines Sekretärs bezeichnet hatte. „Es wäre blasphemisch, mich als Schöpfer zu bezeichnen. Stimmen Sie mir zu? Maler? Steiner? Aber es wäre umso blasphemischer, es nicht zu tun. Ich bin ein Schöpfer des Irdischen! Nicht wahr, Sie stimmen mir doch zu? Sie sind gottesfürchtige Menschen, nicht wahr? Wenn Sie dem

Volk Gottes angehören, so treten Sie ein und so lasse ich Sie hinauswerfen! Auf dem Land ist der Adel die Instanz, die Konsequenz, und auf diesem Land bin ich die Instanz und jede Konsequenz auf alles und jeden ist meine eigene. Aber Religion verwirrt mich! Nur etwas Göttliches kann Religion verstehen, nicht wahr? Das Konzept ist ein vom Menschen nicht zu verstehendes – und die Idee ist eine noch weniger zu verstehende, hier, in der Umgebung, im Umland – in Birkenwald! Hier ist es eine Religion, nicht an Gott zu glauben. Die Menschen denken, sie seien fromm und gottesfürchtig, aber eigentlich sind sie blind. Was wäre der Mensch auf dem Land ohne den Adel. Was wäre der Mensch hier auf dem Lande ohne mich! Der Adel bedeutet Struktur. Er strukturiert den Menschen in der Natur. Oder ist dem nicht so? Der Mensch hat die Natur als den Mittelpunkt seiner Existenz verleugnet – somit ist seine Existenz außerhalb seiner Städte nur noch Unordnung in unendlicher Verirrung – somit wird der Adelige zum Mittelpunkt!

Der Adelige wird zum Schöpfer der menschlichen Ordnung in der Natur, und er wird zum Erbauer der Zuflucht, um diese Ordnung zu erhalten. Verstehen Sie nun den Streitgrund? Maler? Steiner? Mein Sekretär, der Koch und auch der Stallbursche standen dort, wo Sie nun stehen und sagten mir, der Adelige sei der Schöpfer, der Erretter der Menschen vor der Natur! Glauben Sie das? Ich werde sie allesamt hinauswerfen, auf dass der Wind sie zerfetze und erfriere und nie wieder in dieses Haus finden lasse". Jetzt schwieg der Fürst. Martin schaute im Zimmer umher und schließlich fiel sein Blick auf den Maler, der seinen Kopf schüttelte und langsam den Arbeitsraum verließ. Martin folgte ihm, der Fürst bemerkte nicht, dass sie gingen, und zusammen verließen sie die Burg. „Der Fürst wird bald sterben", sagte der Maler. Sie gingen in dem Moment den unebenen, vom Regen gefährlich ausgespülten, Schotterweg hinunter auf das Dorf zu, als er fort fuhr: „Haben Sie ihn verstanden, Steiner? Vor vier Wochen waren die Bauarbeiten abgeschlossen und seitdem wohnt er hier. Vorher war hier keine Burg, vorher war hier kein Adel. Vorher war der Fürst nicht hier gewesen!

Merken Sie, wie die Natur auf den Fürsten wirkt? Eigentlich hat er Recht: der Adelige bildet den Mittelpunkt für die Menschen, welche sich sammeln, ansiedeln – der Anfang einer Stadt. Aber was ist dies für ein Dorf, welches keinen Mittelpunkt hat, welches noch keinen Adel gesehen hat? Merken Sie, wie die Natur auf ihn wirkt, Steiner? Merken Sie, wie sie auf alle Menschen wirkt?".

[10]

Span für Span hebt sich der Unfug von der
schönsten aller Formen, ab,

Dann bleibt was ging nur umso lieber, vermisst
den Schein der ewigen Verbindung.

Die Träne ists, die Augen leert, die Herzen leert,
dem Einen füllt sies Maul.

Die leere Wohnung einer jungen Frau

Die junge Frau liegt in ihrem Bett. Seit einiger Zeit ist ihr Blick starr auf die Wand am Fußende gerichtet, wo sie unter dem einzigen Licht, das fest verschlossene Fenster ins Zimmer dringen lassen, ihre ungebügelte und faltige Bedienungsuniform betrachtet. Ein trauriger Anblick, so möchte man denken, doch vielleicht ist diese Frau eine glückliche, in ihrer Einsamkeit, mit ihrer ach so tristen Existenz. Auf einem kleinen unscheinbaren Tisch liegen Bücher, welche den Eindruck machen, noch nie gelesen worden zu sein. Das Schlafzimmer an sich ist nicht groß, denn es ist das Schlafzimmer einer jungen Frau. Ein schönes Wesen und ein karges Heim machen sie aus. Ein Bett, ein Kleiderschrank, der Spiegel hängt in der Küche. Eben diese verbindet das Schlafzimmer mit dem kleinen Flur zur Wohnungstür. Weiße Geräte an weißen Wänden und ein kleiner Flur zur Wohnungstür. Mitten in der Küche befindet sich ein kleiner weißer runder Tisch, auf welchem zwei Teller stehen. Der eine dreckig und benutzt, der andere sauber, vollkommen unbenutzt. Viel ist es

nicht, und in all der engen Leere lebt diese junge
Frau. Doch sie ist eigentlich nicht allein. Zusammen mit ihr leben noch drei andere Mieter auf
dieser Etage. Eine alte scheue Frau, offenbar ver-
witwet, wurde von der jungen Frau nur einmal
gesehen, als sie den Gang betrat, um diese Wohnung zu besichtigen. Mit toten faulen Augen hatte
ihr von Haut verschleiertes Gesicht durch den
Türspalt gestarrt. Die kleine goldene Kette, wie
eine Warnung auf der Höhe ihres Halses, hatte
sanft geschaukelt. Mit einem Knall hatte sie die
Tür geschlossen, und seitdem ist Musik aus der
Wohnung zu hören und seitdem hat die junge
Frau die Alte nie wieder gesehen. Ein weiterer
Mieter, ein Mann mittleren Alters, wohnt direkt
gegenüber. Er strahlt Ruhe aus und ist unschein-
bar, und wenn man sich trifft, so grüßt er. Trifft
man sich aber viele Male, so erkennt man, dass
dieser ein Mann ist, so hager und schwächlich,
dass, egal welche Tat ihm angelastet würde, jeder
Außenstehende Mitleid empfunden hätte. Ein
dritter Mieter, ein alter Mann, ein alter Maler, der
nicht mehr malt, wohnt direkt an der Treppe. Oft
steht seine Tür auf, und man erkennt, dass er seine

Fenster zugehängt hat. Als Maler das Wahrnehmen nicht zu verlieren, ist wie eine Gefangenschaft, wenn man doch nicht mehr die Kraft hat, zu malen. Doch die junge Frau sieht diesen alten Maler nicht oft, stattdessen hört sie ihn. Jeden Tag hört sie seine Tür mehrmals knarrend, schwingend auffliegen. Sie hört, wie er sich in den Flur hinausquält und auf und ab geht. Es ist ihm nicht mehr möglich, ohne Krücken zu laufen, er lahmt, und deshalb zieht er seinen linken Fuß hinter sich her. Wie grobes zerreißendes Raspeln klingt sein Gang. Die junge Frau kann förmlich sehen, wie er den hölzernen Fußboden zerfaserte, und sie wünscht sich, dass er in den Wolken von Holzsplittern verschwindet und durch den alten zerfetzten Holzboden in den Tod stürzt. Wie sie so in ihrem Bett liegt und nicht in der Lage ist einzuschlafen, schockieren sie solche Gedanken. Sie ist überrascht, dass sie so etwas denken kann. Aber genau dann, wenn sie müde wird, wenn sie nur noch schwach ist, wenn die Dunkelheit kommt, muss sie an diese drei Menschen denken. Wenn sie ängstlich in ihrem Bett liegt, dringt die Musik der alten Frau durch die alten Wände, scheint, wie von Geisterhand, die Tapeten abzuwetzen, abzuzerren, dann hört sie auch die Tür aufschlagen, hört den Mann lahmen, hört sein Raspeln, und es schüttelt sie. Von links nach rechts wirft sie dann ihren Körper, doch verbietet es sich, zu schreien, aber sie steht auf. Sie geht zum Fenster, zielstrebig wie nie öffnet sie einen der beiden Flügel und reißt, mit solch einer versteckten unbeholfenen Wut, ihre Bedienungsuniform von der Wand, dass der Putz berstet. Über ihre Uniform trampelnd stürmt sie in die Küche, wäscht das dreckige und zerschlägt das vollkommen unbenutzte Geschirr auf dem Tisch. Wie sie ist, treibt es sie aus ihrer Wohnung. Sie ist müde. Sie kann nicht schlafen. Sie hat genug. Sie will spazieren gehen. Sie will keine Angst mehr haben, denn sie muss schlafen! Danach will sie schlafen können. Wenn sie zurückkommt, will sie schlafen können! Aus ihrem selbst geschaffenen Gefängnis läuft sie halbnackt auf den Gang, welcher völlig leer ist. Alles ist still, doch es fällt ihr nicht auf, denn es schreit in ihr. Keine Musik dringt durch keine Wände, nur ihr Trampeln hallt, jeder einzelne Schritt verklingt in der Nacht. Und wie sie so, aus sich ausbrechend, unbedacht, aber berechtigt durch den Flur stürmt und Tränen unter Stille über ihre Wangen rinnen, ist dort nichts anderes. Doch während sie ihren Weg aus diesem Wohnhaus sucht, steht die Tür der Wohnung von gegenüber auf und ein hagerer Mann ist zusehen, welcher sich in einen wölfischen Hund verwandelt und mit Kleidungsfetzen behängt, klirrend durch ein Fenster springt.

[11]

Verwundeter Splitter trennt bebendes Fleisch,

Der Natur Unschuld liegt breit gespreizt am We-
gesrand,

Erwartet einen nach dem andern, der da kommt -
die Menschen treten ein und leben aus, die Schuld
der ersten Hure.